DAGMAR HAGER

Salzkammer-glut

MÖRDERISCHE HITZE Es ist ein heißer Sommer im Salzkammergut. Franz Joseph I. hätte sich im Grab umgedreht. Denn während Bad Ischl fröhlich den Geburtstag des Kaisers feiert, bricht in dessen Lieblingsjagdrevier ein Flammeninferno aus. Kurze Zeit später wird in den Überresten einer verkohlten Hütte ein Toter entdeckt, brutal ermordet und anschließend verbrannt. Wer hasste den Bad Ischler Unternehmer Regus Dorninger so sehr, dass er zum Mörder wurde? Verdächtige gibt es viele. War es seine mysteriöse Frau Charly, die sich während des Brandes zwar auf der Rettenbachalm aufhielt, sich aber angeblich an nichts erinnern kann? Ein rachsüchtiger Geschäftspartner? Oder hat Dorninger seine dunkle Vergangenheit eingeholt? Denn kurz vor seinem Tod wurde er beobachtet. LKA-Ermittler Ben Achleitner ermittelt in seinem persönlichsten Fall. Nicht nur, dass er einem ausgekochten Gegner auf der Spur ist – auch sein eigenes Herz kommt ihm in die Quere. Werden seine Gefühle den gefährlichen Ermittlungen standhalten?

Dagmar Hager lebt in Wien, Oberösterreich und Kärnten und arbeitet als Moderatorin und Redakteurin beim Radio. Neben dem Schreiben ist sie als Buch-Podcasterin (»Bücher sind wie Kekse«) aktiv. Sie mag ihre Freunde, ihr Mountainbike, Reisen, Berge, Bücher, Segeln und gute Gespräche.

DAGMAR HAGER

Salzkammerglut

KRIMINALROMAN

GMEINER

Personen und Handlung sind frei erfunden.
Ähnlichkeiten mit lebenden oder toten Personen
sind rein zufällig und nicht beabsichtigt.

Im Ehnried 5, 88605 Meßkirch
Telefon 07575/2095-0
info@gmeiner-verlag.de

1. Auflage 2025

Herstellung: Mirjam Hecht
Umschlaggestaltung: U.O.R.G. Lutz Eberle, Stuttgart
unter Verwendung eines Fotos von: © Zbynek Pospisil / iStock.com
Druck: GGP Media GmbH, Pößneck
Printed in Germany
ISBN 978-3-8392-0816-8

Nimm der Angst die Lettern

Nimm der Angst *das A*
das N
das G
das S
und das T nimmst du gleich mit
ans Ende des Wortes
MUT

(Florian Kiesl)

PROLOG

Do steigt ma de Grausbirn auf.
Wie schrecklich.

Gluthitze.

Brütend heiß spannte sich der Sommer über das Salzkammergut, krallte sich seit Wochen fest. Selbst nachts sanken die Temperaturen kaum unter 25 Grad. Wer konnte, suchte sein Heil in einem der aufgeheizten Seen oder floh in die Berge. Die dort erhoffte Abkühlung erwies sich jedoch manchmal als trügerisch. Oder sogar als tödlich. Erst am vergangenen Wochenende war ein Schwimmer im Mondsee ertrunken.

Die brünette Frau, die am Rettenbach saß, wischte sich mit dem Handrücken über die verschwitzte Stirn und hielt ihre Füße ins herrlich kühle Nass. Seit Wochen hatte es kaum geregnet, weshalb der Bach zu einem Rinnsal verkommen war. Ihr Blick fiel auf die vielen Kühe, die ihren Sommer auf der malerischen Alm verbrachten und sich ebenfalls in den schützenden Schatten der Bäume zurückgezogen hatten. Hin und wieder verscheuchte eine von ihnen träge lästige Fliegen mit ihrem Schwanz. Die Frau lächelte in sich hinein – Alpenidylle made in Austria.

In einiger Entfernung entdeckte sie eine junge Wanderin, die, das Haar zu Dreadlocks aufgetürmt, vollkommen nackt im flachen Wasser trieb. Ihr Gewand stapelte sich an einem Rucksack, daneben lag eine Isomatte. Plante sie, hier zu campieren? Kaum jemanden würde es kümmern. Man brachte mit, was nötig war, und genoss eine sternenklare Nacht am Fuße des Losers. Manche bauten sich sogar einen Grillplatz aus Flusssteinen.

Derzeit war offenes Feuer allerdings – im wahrsten Sinne des Wortes – brandgefährlich und strikt verboten. In Südeuropa wüteten Brände, insbesondere die Türkei, Italien und Nordmazedonien waren betroffen. Menschen hatten ihr Leben gelassen, andere ihr gesamtes Hab und Gut verloren. Gott bewahre, dass auch hier in der Gegend erneut ein Waldbrand aufflammte. Einen hatte es in diesem Sommer schon gegeben, drüben am Brentenkogel über Ebensee. Er war aber zum Glück schnell gelöscht worden und nicht außer Kontrolle geraten.

Mit einem leisen Stöhnen stemmte sich die Beobachterin hoch. Erneut fiel ihr Blick auf die Frau mit den Dreadlocks, die ihr vage bekannt vorkam. Widerwillig machte sie sich auf den Rückweg.

Kurz darauf kam die kleine Jagdhütte in Sicht.

Und *er*.

Unwillkürlich zögerte sie. Wie stets jagte sein Anblick ihr einen leisen Schauer über den Rücken. Sie zwang ein Lächeln in ihr Gesicht und trat auf ihn zu. »Ich bin wieder da.«

Der großgewachsene dunkelhaarige Mann fuhr betont langsam mit dem Zeigefinger über das Etikett seiner Bierflasche. »Du warst lange weg.«

40 Minuten.

In seiner Welt eine halbe Ewigkeit.

Er hatte es gesagt, ohne aufzusehen. Seine Art, Missfallen zu bekunden und sie ihre *Ungezogenheit* spüren zu lassen. Schon vor langer Zeit hatte sie erkannt, dass es zu nichts führte, mit ihm zu reden, Dinge auszudiskutieren. Dafür war er nicht gemacht. Wie auch sonst für vieles nicht. Ihr Gegenüber war egozentrisch, psychopathisch, betrachtete sich als den Mittelpunkt des Universums, das wusste sie inzwischen.

»Setz dich zu mir. Wir müssen reden. Aber zuerst iss.«

Sie tat wie geheißen. Die Regeln wurden von ihm gemacht, der Rest der Welt hatte sich zu fügen. Er duldete keinen Widerspruch, vergaß nichts. Ungehorsam, eine divergierende Meinung, erfolgreiche Konkurrenz. Alles wurde irgendwann aufgerechnet, kam doppelt und dreifach zurück, und mochte es noch so lange dauern. »Wie du weißt, trifft man sich im Leben immer zweimal. Ich habe einen langen Atem.«

Sie hatte auf die harte Tour gelernt, dem Glauben zu schenken.

»Brot, Wurst, Käse. Tomaten. Du hättest dich mehr ins Zeug legen können.«

Sicher. Nur hatte sie nicht gewollt. Wie all das nicht. Sie war nur hier, um etwas Unaufschiebbares zu erledigen. Wozu sich also mehr anstrengen als nötig?

Sie zwang einige Tomaten und Käse in sich hinein. Wenigstens nicht mehr seinen Penis.

Schnörkellos teilte sie ihm danach mit, weshalb sie seinem Befehl gefolgt war.

Es gefiel ihm nicht. Wütend sprang er auf und war im nächsten Moment verschwunden. Nachdenklich blickte sie ihm nach. Sie würde auf ihn warten. So fair musste sie sein. Ängstlich verscheuchte sie eine Wespe, war sie doch allergisch gegen alles, was stach. Insbesondere Bienen. Ihr Repertoire an Repellents, Antihistaminika und Kortison war beachtlich, sogar einen Adrenalin-Pen hatte sie immer dabei.

Erschrocken fuhr sie hoch. Hatte sie geträumt oder das heftige Rumpeln tatsächlich gehört? Die Uhr am Smartphone zeigte kurz vor Mitternacht. Starker Wind war aufgekommen. In der Ferne grollte Donner. Sie hatte Durst, entdeckte eine Wasserflasche am Nachtkästchen. Trank gierig. Es war viel zu viel Wein gewesen, wie ärgerlich. Zentimeterweise rutschte sie vom Bett, tapste benommen zur Tür. Hielt inne. Lauschte. Huschte nach draußen. Genoss die frische Luft und die Windstöße auf ihrer blanken Haut, diese kostbaren Sekunden puren Lebens. Die Rettenbach-Alm lag im Westen des Toten Gebirges auf etwa 650 Meter Seehöhe, weshalb es zwar mehr abkühlte als unten in Ischl, dennoch fühlte sich die stürmische Luft heiß an.

Wie hatte es bloß so weit kommen können?

Noch immer kratzte ihre ausgedörrte Kehle. Zu dumm, sie hatte die Flasche stehen lassen. Dennoch hütete sie sich davor, zurück ins Innere der Hütte zu schlüpfen. Ging lieber ein paar Schritte in Richtung Bach. Trotz der aufziehenden Front war es hell genug dafür, auch ohne Taschenlampe.

Langsam ließ der Druck der letzten Tage nach. Alles würde gut werden.

Dankbar breitete sie die Arme aus.

Vernahm ein leises Knacken.

Im nächsten Augenblick wurde alles schwarz.

BEN

A Dosiger.
Einer von hier.

Seine Alm.

Wie oft er schon hier gewesen war, zumeist mit dem Mountainbike. Von Bad Ischl kommend, stürzte er nur zu gerne in einer der Gaststuben einen Sauren Radler hinunter, ehe er sich wieder auf den Weg machte, hinüber zur Blaa-Alm mit ihren Narzissenwiesen, und danach weiter nach Altaussee. Darüber, dass die holprige Schotterstraße wegen Steinschlaggefahr im Grunde gesperrt war, sah er großzügig hinweg. Besonders der finstere alte Soletunnel aus dem vorigen Jahrhundert hatte es ihm angetan. Kaiser Franz Joseph hatte seinerzeit wegen des großen Bedarfs eine Soleleitung vom Ausseer Salzberg zur Saline Ebensee legen lassen, was eine Tafel am Tunnelportal bezeugte.

All das zählte im Augenblick nicht. Mit einem flauen Gefühl im Magen parkte er seinen verstaubten Dienstwagen direkt am Flatterband, das weiträumig einen schwarz verkohlten Bereich absperrte, und blieb noch einen Moment sitzen. Einige Radfahrer und Wanderer musterten ihn neugierig. Am liebsten wäre er umgekehrt.

Es war Mitte August, Hauptreisezeit, Kaiserwoche, zudem Kulturhauptstadt-Jahr. Eine der Attraktionen, der *Große Welt-Raum-Weg*, führte direkt hier vorbei. Das Salzkammergut quoll über vor Menschen auf der Flucht vor der drückenden Hitze in den Städten.

Einige uniformierte Kollegen bemühten sich, die Sensationsgierigen von der Absperrung zu vertreiben. Es gab immer welche, die für eine bessere Sicht oder ein Foto, im schlimmsten Fall sogar ein Selfie, buchstäblich über Leichen gingen.

Der dunkle Kastenwagen der Spurensicherung war bereits vorgefahren, die Polizei am Werk. Er erkannte die untersetzte Silhouette seines Kollegen Peter Neumüller sowie einige uniformierte Beamte des Polizeipostens Bad Ischl. Gleich acht Löschzüge diverser Feuerwehren parkten seitlich am Wegesrand. Rettung war weit und breit keine zu sehen. An diesem Ort galt es nur noch zu bergen, nicht mehr zu retten. Etwas abseits entdeckte er den Wagen des Bestatters.

Der Brand hatte einige Hektar Wald zerstört. Zum Glück war in der Nacht ein heftiges Gewitter mit Starkregen über die Region hinweggefegt und hatte eine weitere Ausbreitung verhindert. Nicht aber, dass das Feuer neben vielen kleinen Tieren und einigen Kühen und Pferden auch ein Menschenleben gefordert hatte.

In einiger Entfernung durchforsteten Feuerwehrleute das Terrain, da und dort stieg noch Rauch auf. Alles musste gründlich auf Glutnester kontrolliert werden, um ein erneutes Aufflammen zu verhindern.

Ben stieg aus. Sofort umhüllte ihn der beißende

Geruch nach Ruß, verbranntem Holz und gegrilltem Fleisch. Sein Blick fiel auf die Reste eines kleinen, vollkommen niedergebrannten Gebäudes, das einmal auf einer Lichtung gestanden haben musste. Davon zeugten nun lediglich noch verrußte Baumstümpfe und der gemauerte Kamin. Es lag etwas abseits des Weges und war ihm nie zuvor aufgefallen.

Mit zusammengekniffenen Lippen hielt er inne, nahm das Szenario in sich auf. Die Kollegen der SpuSi hatten sich über ein verklumptes Etwas am Boden gebeugt – eine Leiche, erstarrt in der typischen Haltung verbrannter Menschen, der Fechterstellung: mit angezogenen Armen und Beinen, weil sich Sehnen und Muskeln beim Verbrennen verkürzten.

Ehe er näher herantreten konnte, vernahm er hinter sich eine gleichermaßen leise wie wohlbekannte Stimme. »Hallo, Ben.«

Er fuhr herum.

Die letzten neun Monate hatten sie keinen Kontakt gehabt. Ihr ernstes Gesicht war blass, dennoch umspielte ein winziges Lächeln die Mundwinkel, die grünen Augen wirkten verhangen. Kein Wunder, nach dem, was sie in den letzten Stunden gesehen haben mussten. Ihre ungezähmten Locken hatte sie zu einem Knoten im Nacken gebändigt. Ihre zierliche Gestalt steckte in einem dünnen weißen Overall.

»Grüß dich, Marie«, antwortete er leise. »Wie geht's dir?«

Sie schnaubte verhalten und deutete auf die ausgebrannten Ruinen. »Wie sagt man so schön: den Umständen entsprechend. Eine Brandleiche ist nie ein angenehmer Anblick.«

»Das ist wohl keine Leiche mehr«, konnte er sich nicht verkneifen anzumerken.

»Da hast du natürlich recht. Mittlerweile ist sie zumindest so weit abgekühlt, dass wir rankönnen.«

»Wer ist es?«

»Regus.«

Er nickte. Regus Dorninger, etwas älter als Ben und Marie, also Ende 40, und ein bunter Hund in Ischl. Gut vernetzter Unternehmer und Lebemann. Sie kannten und hassten einander seit einem Zwischenfall zu Bens Teenagerzeiten.

»Tragisch, auch wenn ich ihn nicht mochte. Du glaubst nicht an einen Unfall?« Er war, ohne zu zögern, auf den Punkt gekommen.

Die Notärztin schüttelte den Kopf. »Nein. Zwar hat hier, wie du siehst, einiges gebrannt, aber die Leiche ist … halbwegs intakt. Der Schmidinger Gustl von der Feuerwehr sagt, dass es nicht nach einem normalen Waldbrand aussieht. Auch wenn er sich nicht festlegen will …«

Sie stockte.

»Brandstiftung?«, hatte Ben kein Problem, ihren Satz zu vollenden.

»Möglich.«

»Okay. Die Sachverständigen werden das klären. Aber warum hast du uns angefordert?«

Marie seufzte. Dann fasste sie die letzten Stunden zusammen. »Ich fange von vorne an. Das Feuer ist wohl gegen Mitternacht ausgebrochen. Der Bach Crispin, einer der Hüttenwirte, hat es bemerkt und Alarm geschlagen. Die umliegenden Hütten waren schnell evakuiert, dann begann auch schon das Gewitter. Feuerwehr, Polizei und eben auch wir waren 20 Minuten später vor Ort. Inzwischen versuchten Crispin und ein paar Helfer, zur Jagdhütte zu gelangen, hatten aber keine Chance. Er ist fix und fertig, weil er wusste, dass Regus und seine Frau dort schliefen.«

»Seine Frau?«, fragte Ben sofort. Laut seinen ersten Informationen war nur eine Leiche entdeckt worden.

»Charlotte. Alle nennen sie Charly. Von ihr fehlte zunächst jede Spur. Um etwa halb fünf war das Feuer gelöscht und wir machten uns auf die Suche, fanden sie zum Glück bald, etwas entfernt, halb bewusstlos auf einem Schotterbett im Fluss. Total unterkühlt, nicht ansprechbar, mit einer Platzwunde an der Stirn. Ich vermute, sie rutschte beim Davonlaufen aus. Das Wasser rettete ihr wohl das Leben, und dass sie nicht im Inneren der Hütte war, als die Flammen darauf übergriffen. Dort wütete das Feuer am schlimmsten. Ich hoffe, sie erinnert sich, ihre Verletzung ist heftig. Jedenfalls habe ich sie stabilisiert, mit der Rettung ins Krankenhaus gebracht und kam wieder hierher.«

Ben hatte mit wachsender Verunsicherung zugehört. »Das alles klingt aber eher nach viel Pech für Regus, viel Glück für die Frau und insgesamt nicht nach einem Verbrechen.«

Marie biss sich auf die Unterlippe und senkte nachdenklich den Kopf. »Natürlich will ich der Rechtsmedizin nicht vorgreifen, aber ich habe die Leiche zumindest oberflächlich untersucht. Arme und Beine hat es am schlimmsten erwischt, die sind nur noch Asche, aber auch Körper, Kopf und Augen sind verkohlt, die Haut fehlt vollständig, auch die Ohrmuscheln. Schädelkalotte und Kiefer liegen frei, und an denen ist mir etwas aufgefallen …« Erneut unterbrach sie sich, holte Luft.

Diesmal wartete Ben einfach ab.

»Sie sind zwar ebenfalls verbrannt, aber nicht gänzlich, und …«

Langsam fiel es Ben schwer, ruhig zu bleiben. Warum eierte sie bloß so herum? Das war doch sonst nicht ihre Art.

»… eingeschlagen.«

»Bist du dir sicher?«

Sie hatte sich gefangen. »Durch die Stellung der Leiche kann man den Schädel gut erkennen. Die Lunge ist halbwegs intakt, also kann die Rechtsmedizin klären, ob Regus noch geatmet hat, als ihn das Feuer erwischte, aber ich bin mir ziemlich sicher, dass dem nicht so war. Vielmehr denke ich, er war da schon tot. Wenn ich nicht falschliege, mein Lieber, bist du ab sofort auf Mörderjagd.«

BEN

Lahn di z'ruck und woat, bis des Leb'n deine Feinde schnackselt.
Karma.

Regus Dorninger.

Sie kannten sich ewig. Nun lagen seine sterblichen Überreste in der Rechtsmedizin. Die Erstuntersuchung hatte Maries Einschätzung bestätigt: Mord war nicht auszuschließen.

Ben rief sie an, um ihr von den neuesten Erkenntnissen zu berichten. »Bei unserer gemeinsamen Vergangenheit kann ich froh sein, ein Alibi zu haben«, scherzte er halbherzig.

»Ist er es denn wirklich?«

»Wir gehen davon aus, aber der DNA-Abgleich fehlt natürlich noch. Fingerabdrücke gibt's ja wegen des Feuers keine mehr.«

»Giltst du bei dieser Ermittlung nicht als befangen?«

»Aber geh, unser Knatsch ist ewig her. Wir haben uns mal in einer Bar gekeilt. Ich war 15, er hat gewonnen. Ich habe ihn seit Jahren nicht gesehen. Auch wenn es mir schwerfällt, um ihn zu trauern, so verdient doch niemand ein solch grausames Ende.«

»Hast du schon eine Idee, wer es getan haben könnte?«, erkundigte Marie sich vorsichtig.

»Nein«, brachte Ben es auf den Punkt. »Du bist näher dran. Wem ist er denn zuletzt so richtig auf den Schlips getreten?«

Marie musste nicht lange überlegen. »Na ja, mal abgesehen von seinen kleinen Scharmützeln mit vielen im Ort haben insbesondere die geplanten sündteuren Esplanade-Residenzen mit Zweitwohnsitzgenehmigung zuletzt für viel Wirbel gesorgt.«

»Worum ging es da?«, horchte Ben auf.

»Die Sauerei ist doch durch alle Medien gegangen«, antwortete Marie erstaunt. »Hast du davon nichts mitbekommen? Die Grundstück-Abzocke der dementen alten Frau Brugger? Ganz Ischl hat sich das Maul darüber zerrissen. Sogar eine nationale Zeitung hat darüber berichtet. Und das Fernsehen.«

Jetzt dämmerte es Ben. »Stimmt. Ich hatte nur die Verbindung mit Regus nicht auf dem Radar, obwohl das genau seine Masche war. Sich bei Eigentümern einschleimen, um an deren Hab und Gut zu kommen.«

»In diesem Fall war es besonders fies. Kein Einschleimen, sondern Panikmache. Das desolate leerstehende Haus an der Esplanade unten beim Sissi-Park war nichts wert, aber der Riesengrund, auf dem es stand, schon, locker zwei Millionen.«

Ben ahnte, was nun kommen würde. »Und um wie viel ist es hergegangen?«

»Hundertfünfzigtausend.«

»Aber warum hat die alte Dame das gemacht?«

»Es war perfide. Sie hatte sich gerade ihre Wohnung in St. Gilgen altersgerecht sanieren lassen und dafür einen Kredit bei ihrer Hausbank aufgenommen. Trotz ihres Alters hat sie ihn bekommen, angeblich wegen der Ischler Liegenschaft als Sicherung. Ungewöhnlich, aber nur auf den ersten Blick. Plötzlich bot Regus ihr an, den Grund zu kaufen, was sie zunächst rigoros ablehnte. Daraufhin machte ihre Bank Druck. Sie müsse den Wohnungs-Kredit sofort in voller Höhe zurückzahlen, sonst würde man sie am Monatsende vor die Tür setzen. Aus Angst, ohne Wohnung dazustehen, nahm die alte Dame Regus' Kaufangebot daraufhin an.«

»Klingt nach Erpressung mit Anlauf. Vielleicht steckten die Bank und Regus sogar unter einer Decke. Warum bat sie nicht sofort ihren Sohn um Hilfe?«

»Zu ihm, im Übrigen ihr einziger Verwandter, gab es offenbar bis zu diesem Zeitpunkt wenig Kontakt. Er lebte im Ausland, kam erst aufgrund dieser Geschichte zurück.«

»Wovon Regus wusste?«

»Anzunehmen.«

»Gab es ein Gerichtsverfahren?«

»Schon. Leider hatte ihr inzwischen wiederaufgetauchter Sohn kein Glück. Seine Klage wegen Geschäftsunfähigkeit der Mutter wurde abgewiesen. Sie sei noch nicht dement genug und habe gewusst, worauf sie sich einließ, hieß es im Urteil. Der Bank und Regus war offiziell keine Verfehlung nachzuweisen.«

»Aber das ist nicht alles, nicht wahr?«, hakte Ben nach.

Das hatte er schon ihrem Tonfall entnommen. Wie gut sie sich doch kannten, trotz all der Zeit ohneeinander.

»Rate mal, wer bei genau dieser Bank arbeitete und den Job kurz danach kündigte.«

Bens angewiderter Ton war nicht zu überhören. »Einer von Regus' Handlangern?«

»Besser.«

»Du willst doch nicht ernsthaft behaupten …?«

»Doch.«

»Seine Frau? Charly?«

»Genau die.«

Was für ein Batzen-Mordmotiv! Besser ging's fast nicht. War der Fall tatsächlich so einfach zu lösen? Hatte sich der Sohn der alten Frau Brugger an den beiden Menschen gerächt, die ihn um sein Erbe gebracht hatten?

Wieder einmal führte einer seiner Fälle Ben also nach Bad Ischl, in seine Heimatstadt. Und damit in die Nähe seiner Ex-Freundin, der Allgemein- und Notärztin Marie Giesinger. Die Wunde würde nie ganz heilen, aber mittlerweile hatte er die Ereignisse von damals in eine sichere Ecke seines Gehirns verbannt, wo sie langsam verblassten: Maries unangekündigtes Untertauchen nach drei Jahren Beziehung, seine Verzweiflung darüber, der er mit einem unkontrollierten Tauchgang zu entkommen versuchte, und den Tod seines Bruders Andi, dem es zwar gelungen war, Ben zu retten, nicht aber sich selbst.

In der Morgenbesprechung hatte sein Boss, LKA-Chefinspektor Christian Franz, Ben und seinem Kollegen Peter Neumüller die Leitung des Falles übertragen. Wie schon bei den letzten in der Gegend mit eindeutigen Worten: »Das Salzkammergut ist euer Revier. Nur ihr versteht, wie die dort ticken.«

Zwar war Peter Neumüller ein gestandener Mühlviertler, aber auch ein kongenialer Ermittlungspartner. »Wärst du nicht aus Bad Mühllacken, könnte Bad Ischl in deiner Geburtsurkunde stehen«, hatte Ben ihn einst in den Quasi-Einheimischen-Status erhoben.

Auch an diesem Tag versengte die Sonne die Stadt gnadenlos. Glühende Luft ließ sich kaum in die Lunge hieven, lag dicht und sämig über allem.

Bei einem Kaffee im Schatten der historischen Trinkhalle besprachen die beiden Männer die weitere Vorgehensweise. Das Gebäude, 1829 im Stil eines griechischen Tempels errichtet, wurde seinerzeit für Trinkkuren genutzt. Seit der umfassenden Renovierung im Zuge der Landesausstellung 2008 diente es für Veranstaltungen, im Moment jene der Kulturhauptstadt.

»Zunächst knöpfen wir uns diesen Koloman Brugger vor. Die Geschichte ist einfach zu perfekt«, bemerkte Ben voller Tatendrang und stürzte seinen Espresso in einem Zug hinunter.

Nachdenklich verzog Peter Neumüller die Lippen. »Du sagst es, *zu* perfekt. Hast aber recht, warum sollte diesmal nicht das Naheliegende auch das Wahre sein?«

Im nächsten Moment weiteten sich seine Augen erstaunt. »Was zum …?«

Amüsiert folgte Ben seinem Blick.

Soeben promenierte Kaiserin Sisi vorbei, als wäre sie eben dem berühmten Gemälde von Franz Xaver Winterhalter entsprungen. Das lange Haar war mit den berühmten Sternen verziert, die große Gestalt mit der Wespentaille steckte in einem ausladenden schulterfreien weißen Kleid. Huldvoll winkte sie den Passanten zu und lächelte milde, als sie begeistert um Selfies gebeten wurde.

»Willkommen in den Kaisertagen, mein Lieber«, kommentierte Ben die Verwunderung seines Kollegen trocken. »Am kommenden Sonntag, dem 18. August, jährt sich wieder einmal der Geburtstag Kaiser Franz Josephs. Zum 194. Mal übrigens. Den hat er ja zu Lebzeiten oft in Ischl gefeiert und bei der Gelegenheit 1853 auch seine Sisi kennengelernt.«

Peter Neumüllers Blick fiel auf eine kleine Gestalt mit Hakennase, falschem Backenbart und Federhelm, die mit leicht gekrümmtem Rücken hinter der Kaiserin herdackelte. »Hoffentlich war das Original nicht ganz so knorrig, sonst habe ich meine Zweifel an einer Liebesheirat.«

»Etwas mehr Respekt, bitte. Und kehr vor deiner eigenen Tür. Mir ist bis heute nicht klar, in was genau sich deine Holde bei *dir* verliebt hat!«

»Na, in meine rechte große Zehe natürlich.« Peter Neumüller grinste. »Du hast keine Ahnung, was bei der abgeht, wenn ich meine Socken ausziehe.«

Ben verdrehte die Augen.

»Ich hab's halt nicht so mit dem romantisierten Adelskitsch«, sagte Neumüller. »Auch die zarte Sisi musste mal auf den Nachttopf.«

»Schon gut«, lenkte Ben ein, »kümmern wir uns lieber um einen, der erst seit ein paar Tagen und nicht schon seit hundert Jahren tot ist. Komm!«

Vorbei am alten Postgebäude machten sie sich zu Fuß auf den kurzen Weg zur Kaiser-Therme. Üppige Blumenrabatten säumten die Straßen, begeistert beäugt von den Gästen der Kulturhauptstadt.

Bereits nach wenigen Minuten kam das ehemalige Kurmittelhaus in Sicht. Das Gebäude mit seiner weißen Fassade und dem grünen Dach stand unter Denkmalschutz, die Therme selbst war vor ein paar Jahren aufwendig saniert und erweitert worden, auch um ein luxuriöses Hotel. Schon seit 1829 wurden in Ischl Solebäder verabreicht. Seine Beliebtheit verdankte der Ort allerdings einem anderen Umstand: Erzherzogin Sophie, die Mutter des legendären Kaisers Franz Joseph, war nach jahrelangen erfolglosen Versuchen, ein Kind zu bekommen, zur großen Erleichterung aller hier endlich schwanger geworden.

Verwundert musterte Peter Neumüller den vollen Parkplatz. »Echt jetzt? Es hat 36 Grad, wer suhlt sich da freiwillig in genauso warmem Wasser?«

Wie Ben wusste, mochte sein Partner keine öffentlichen Bäder, hatte aber kein Problem damit, sich in den eiskalten Bach vor seinem Haus zu werfen. Er sparte sich jeglichen Kommentar und wandte sich dem Eingang zu. »Da geht's lang. Koloman Brugger erwartet uns am Eingang und hat keine Ahnung, was wir von ihm wollen.«

Braune Haare, braune Augen, schiefe Nase, verkniffene Lippen. Ein Meter 80 pure Achtsamkeit verteilt auf vielleicht 65 Kilo stand breitbeinig und mit verschränkten Armen vor ihnen. Zuvorkommend ging anders, aber dergleichen störte Ben schon lange nicht mehr. Peter Neumüller erst recht nicht.

»Danke für Ihre Zeit, Herr Brugger«, vernahm Ben gerade von rechts. »Es wird nicht lange dauern. Wo können wir ungestört miteinander sprechen?«

»Was wollen S' denn?«, fragte der dürre Mann im Bademeister-Outfit misstrauisch.

Ben ging nicht weiter darauf ein, sah ihn lediglich auffordernd an. Mürrisch deutete Brugger auf eine Tür am Ende des Eingangsbereichs der Therme. Dahinter befand sich ein kleiner Aufenthaltsraum, in dem es durchdringend nach Kaffee roch. Ohne ihnen einen anzubieten, setzte er sich an einen fleckigen Tisch mit vier Stühlen. »Bitt'schön, nehmen S' Platz!«

Seltsamerweise trug Peter Neumüller heute keines seiner berühmten Sprüche-T-Shirts, sondern ein kreuzbraves weißes. »Herr Brugger, oder darf ich Koloman sagen …?« Ohne dessen Zustimmung abzuwarten, berichtete er in kurzen Worten, dass sie die Umstände von Regus Dorningers Tod untersuchten. »Reine Routine. Wir haben lediglich ein paar Fragen«, spielte er die Sachlage herunter.

»Hat's den Sauhund also jetzt erwischt! Kann nicht behaupten, dass ich traurig darüber bin.« Dem Bademeister mit dem herausgewachsenen Vokuhila gelang es nicht, die Schadenfreude aus seinem jungenhaften

Gesicht zu verbannen. Plötzlich schien ihm aufzugehen, dass er mit zwei Polizisten sprach. »Aber … stimmt etwas nicht? Warum sind Sie hier?«

Insgeheim musste Ben schmunzeln. Ihr Gegenüber erschien ihm ein wenig blauäugig. »Wo waren Sie denn gestern Nacht zwischen neun und drei?«, fiel er mit der Tür ins Haus.

Der riesige Adamsapfel des Bademeisters hüpfte auf und ab. »Wieso? Der Regus ist doch bei einem Unfall verbrannt, oder …«

»Herr Brugger, beantworten Sie bitte die Frage.«

Die Explosion kam zwei Sekunden später. »Seids ihr vollkommen ang'rennt? Mord? Mir ist schon klar, wo das herkommt, aber eines müsst ihr mir glauben: Ich hab mit dem ganzen Scheiß nix zu tun. Ja, wir waren einander spinnefeind, aber so blöd bin ich nicht, mich wegen dem ins Gefängnis stecken zu lassen.« Offensichtlich war er doch kein schnellerer Sprecher als Denker und hatte die Zusammenhänge sofort kapiert.

Die beiden Beamten warteten ungerührt auf seine Antwort, die mit einiger Verzögerung auch kam. »Verflixt noch mal, ich war im Bett. Allein. Ich hab nicht so viel Anschluss gefunden, seit ich wieder hier bin, treffe nur hin und wieder einen alten Schulfreund …«

Also kein Alibi.

»Sie haben Regus Dorninger vor Zeugen mehrfach aufgelauert und beschimpft und ihn im *Pfiffikus* sogar einmal am Krawattl gepackt.«

Der Bademeister grummelte, ließ sich aber nicht länger provozieren. »Kaffee?«

Angesichts der unübersehbaren Verzögerungstaktik verneinten beide Ermittler umgehend, Ben nicht ohne einen Seitenblick auf die schmutzigen Geschirrstapel. »Koloman, wir wollen nichts trinken, sondern eine Aussage.«

»Zunächst mal: Manni, bitte. Ich hasse meinen Vornamen«, gab Brugger sich geschlagen. »Das war direkt nach dem Urteil. Weil der Dorninger triumphierend hereinspazierte und mich so überheblich angrinste. Danach ging ich ihm aber bewusst aus dem Weg. Anzeige gab's auch keine.«

Das stimmte. Von den Beschimpfungen wussten sie nur, weil Marie ihnen davon erzählt hatte. Ben musste Manni Brugger zugutehalten, dass er gar nicht erst versuchte, etwas zu beschönigen. Dennoch war er im Augenblick ihr Verdächtiger Nummer eins, auch wenn sich Bens Zweifel nachdrücklich meldeten. Der Mörder war strukturiert vorgegangen. Seiner ersten Einschätzung nach war der Bademeister aber aus einem anderen Holz geschnitzt. Verletzt. Verzweifelt. Naiv. Das ja. Aber hinterhältig?

Aus Peter Neumüllers Gesicht ließ sich nicht ablesen, wie er Brugger einschätzte. »Sie leben wieder mit Ihrer Mutter zusammen?«

Auch das hatten sie von Marie, deren Patientin die alte Dame war. Mitgeteilt hatte sie ihnen ihr Wissen mit einem beinahe schon wütend klingenden Satz: »Nie im Leben ist ihr Sohn schuld an Regus' Tod. Schminkt euch das ab.«

Der etwa 30-Jährige biss sich auf die Lippen. »Hab keine Wahl. Wir hatten unsere Probleme und ich war deshalb lange weg, aber es gibt sonst niemanden mehr. Es geht gerade schnell mit ihrer Demenz. Meine Mutter hat keine Vorsorgevollmacht unterschrieben, und damit sind auch die restlichen 70.000, die vom Verkauf des Grundes übrig sind, eingefroren. Zumindest gehört Mama noch die kleine Wohnung in St. Gilgen. Dort kümmere ich mich um sie, so gut ich kann.«

»Reicht Ihr Verdienst dafür?«

»Weil ich nur 25 Stunden pro Woche als Badewaschl schufte? Was soll ich denn machen? Mich zerreißen? Mama braucht mich. Ich würde eh viel lieber wieder in meinem gelernten Beruf als Koch auf einem Kreuzfahrtschiff arbeiten. Macht mehr Spaß als das hier.« Mit einer abschätzigen Geste deutete er auf seine Umgebung.

»So war das nicht gemeint«, lenkte Peter Neumüller ein.

»Schon gut«, winkte der Bademeister ab. »Ich will in den Spiegel schauen können, wenn die Mama mal nicht mehr ist. Und dass der Dorninger jetzt nix mehr von seinen Betrügereien hat, beweist, dass man das Schicksal manchmal nur arbeiten lassen muss und Rache nichts bringt.« Er lehnte sich zurück, bis die Lehne knackte, bevor er eine kleine Bombe hochgehen ließ. »Die Anwalts- und Gerichtskosten wurden übrigens von jemandem beglichen.«

»Was soll das heißen? Von wem?«

»Zuerst dachte ich an einen Fehler, aber der Anwalt rückte irgendwann damit heraus. Die Charly Dorninger war's. Hatte halt ein fett schlechtes Gewissen. Ich war ziemlich überrascht und stellte sie zur Rede. Sie entschuldigte sich, meinte, das mit meiner Mutter nicht gewollt zu haben, außerdem habe sie den Job danach sofort geschmissen. Ist eigentlich eine ganz Nette, wäre sie nicht mit diesem Arsch verheiratet gewesen. Der wusste übrigens nichts davon, dass sie unsere Kosten übernommen hat. Sie bat mich, es auf keinen Fall an die große Glocke zu hängen.«

Regus Dorningers Frau hatte hinter dessen Rücken Koloman Bruggers Anwalt bezahlt? Wie seltsam war das denn?

»Ist sonst noch etwas? Ich muss zum Dienst«, sagte Manni Brugger ungeduldig. Offenbar wollte er die Beamten loswerden.

»Vorerst nicht, aber halten Sie sich zur Verfügung«, strapazierte Peter Neumüller einen altgedienten Satz aus Fernseh-Krimis.

Mit einem langen Gesicht machte sich der Bademeister davon.

»Was hältst du von alldem?«, fragte Ben und musterte die Kaffeemaschine so gierig wie misstrauisch.

»Mehr als von dem Ding da«, antwortete Peter Neumüller, der seinem Blick gefolgt war. »Gemma lieber zum Zauner. Da weiß ich, was ich krieg. Esterházy-Schnitten zum Beispiel. Wenn ich Kalorien ein neues Zuhause gebe, fällt es mir gleich viel leichter, unsere nächsten Schritte zu planen.«

»Seltsamerweise kann ich mich an Manni Brugger nicht erinnern, obwohl er nur ein paar Jahre jünger ist als ich«, sinnierte Ben 20 Minuten später über einem Lachsbrötchen und beobachtete interessiert sein Gegenüber, welches schon das dritte in sich hineinschob und genüsslich kauend die üppig ausgestatteten Vitrinen mit den Süßigkeiten inspizierte. Peter Neumüller und sein Appetit waren ein eingeschworenes Team.

»Selbst du kannst nicht jeden der 15.000 in eurer Weltstadt kennen, Alter«, erwiderte der Polizist, nachdem er den letzten Bissen vernichtet hatte.

»Trotzdem. Ich will seinen ganzen Lebenslauf. Rufst du bitte gleich Tobias an?«

Tobias Kofler war der beste IT-Experte im LKA, und wenn jemand auf Leichen im Keller stoßen würde, dann er.

»Gut. Nächstes Telefonat: Salzkammergut Klinikum. Ich möchte so bald wie möglich diese Charly Dorninger sehen. Nach der Befragung werden wir um einiges schlauer sein.«

Wieder griff Peter Neumüller zum Telefon, ließ sich mehrmals verbinden und beendete nach ein paar Minuten knurrig das Gespräch. Seinem nachdrücklichen Wunsch nach einem Gespräch mit der Frau hatte das Klinikum nicht stattgegeben. »Sie ist nicht vernehmungsfähig. Erinnerst dich an die toughe rothaarige Ärztin vom letzten Fall, die von unserem Verdächtigen angegriffen wurde? Dr. Schandl? Das war sie wieder. Genauso resolut. Genauso klar. Sie gibt Bescheid. Betteln ist sinnlos.«

»Auch gut«, resümierte Ben und trank sein Mineralwasser aus. »Dann fahren wir jetzt zunächst zum Haus des Opfers. Sehen wir uns dort mal um. Außerdem brauchen wir Material für den DNA-Abgleich. Danach will ich noch mal mit dem Crispin und seiner Frau reden.«

Regus Dorningers Domizil entpuppte sich als ultramoderner Schuppen in bester Lage direkt am Wasser in Traunkirchen, mit freiem Blick auf den mächtigen Traunstein und die Schlafende Griechin.

»Es gibt offenbar eine Haushaltshilfe«, hatte ihre Kollegin Helene Almesberger die beiden Beamten instruiert. Deren Quellen waren unerschöpflich, weshalb Ben darauf verzichtete nachzufragen, woher sie diese Information hatte. »Sie ist vor Ort.«

In der Tat erwartete sie eine in Jeans und ein weißes T-Shirt gekleidete Frau Ende 20 mit einem voluminösen instabilen Dutt aus schwarzen Haaren am Kopf. Er wackelte bei jeder Bewegung. Ermona Nagy war etwas größer als Ben und so höflich wie vorsichtig. Ihre eng verschlungenen Finger zeugten von einer gewissen Nervosität.

Ben stellte sich und seinen Kollegen vor und erfuhr in nahezu akzentfreiem Deutsch, dass die Frau ursprünglich aus Ungarn stammte, seit über zehn Jahren hier lebte und mit dem einheimischen Pächter einer Bar in Gmunden liiert war. Weitere Fragen ergaben, dass sie seit ein paar Wochen ins Haus kam, den Hausherrn und seine Gattin zuletzt zwei Tage vor dem Mord gesehen hatte und ihr zuletzt nichts Ungewöhnliches an den beiden aufgefallen war.

»Herr Dorninger war so gut wie nie da, wenn ich putzte. Frau Dorninger gab mir Anweisungen, sonst hatten wir kaum Kontakt«, sagte die junge Frau knapp.

»Waren die Dorningers angenehme Dienstherren?«

»Ja.« Kurze Antworten waren auch Antworten.

»Wie beurteilen Sie das Verhältnis der beiden zueinander?«

Für diesen Satz erntete Peter Neumüller einen erstaunten Blick, noch mehr abwehrende Verschlossenheit und eine weitere sehr überschaubare Aussage: »Gut.«

Beide Ermittler waren sich einig. Hier war vorerst nichts zu holen. Wenn sie etwas über die Beziehung von Regus Dorninger und seiner Frau erfahren wollten, dann von jemand anders. Ermona Nagy war diskret und würde sich hüten, zu viel auszuplaudern.

Ben beschloss einen Richtungswechsel. »Wir brauchen eine Haar- oder Zahnbürste von Herrn Dorninger für den DNA-Abgleich. Wir werden sie nach einer Runde durch das Haus aus dem Badezimmer mitnehmen.«

»Das von Herrn Dorninger ist die Treppe rauf und dann gleich links.«

»Sie hatten getrennte Bäder?«

»Schlafzimmer auch«, rutschte es der Frau heraus, ehe ihre Augen sich erschrocken weiteten, als hätte sie einen Atomwaffencode preisgegeben.

Regus und Charly Dorninger waren nur ein paar Jahre verheiratet gewesen und schliefen bereits in unterschiedlichen Räumen? Zudem die Geheimaktion mit dem bezahlten Anwalt. Mit der Ehe der beiden konnte es nicht zum Besten gestanden haben.

Vorerst aber schenkte Ben der verunsicherten Putzkraft ein freundliches Lächeln, machte sich auf den Weg nach oben und überließ Peter Neumüller das Erdgeschoss. Auf halbem Weg die moderne Holztreppe ohne Geländer hinauf hielt er inne.

Manchmal schienen Häuser mehr über ihre Bewohner auszusagen als die Bewohner selbst. Was verrieten das teure Parkett, der viele Platz, die spärlichen Möbel oder die großen signierten Gemälde an den Wänden? Zumindest, dass das Mordopfer wahrlich nicht am Hungertuch genagt und Geschmack besessen hatte.

Vorsichtig öffnete er eine Tür nach der anderen, entdeckte ein Hauswirtschafts-, ein Arbeits- und zwei Schlafzimmer, jeweils mit eigenen begehbaren Schränken und großen Bädern. Charly Dorningers Reich hielt sich bei der Gestaltung an helle Farben bis auf Weiß. Regus Dorninger hingegen hatte seine private Höhle in Dunkelgrau mit Farbakzenten ausstaffiert, inklusive Kingsize-Boxspringbett, Sprudelbadewanne, riesigem TV-Screen und anderem Schnick-Schnack.

Eine Haarbürste entdeckte Ben nicht, aber eine Zahnbürste steckte in einem Becher. Gebraucht. Perfekt. Sie wanderte in einen Asservatenbeutel. Ehe er sich wieder auf den Weg nach unten machte, warf er noch einen Blick in den riesigen Kleiderschrank. Anzüge, Schuhe, Krawatten, Hemden, Socken, Sportzeug … alles war peinlichst genau sortiert, gereinigt und gebügelt.

Einige seiner früheren Begegnungen mit dem Opfer kamen Ben in den Sinn. Regus Dorninger hatte sich immer sehr gut im Griff gehabt, war nie laut geworden, schon gar nicht vor Zorn. Im Gegenteil, seine Macht hatte in einer nahezu unheimlichen Ruhe und

Beherrschtheit gelegen, gepaart mit hoher Intelligenz und einem nicht unbedeutenden Ausmaß an Arroganz.

Du bist nicht objektiv, schalt Ben sich. Versuche, ihn neutral zu sehen, ohne dein bisheriges Wissen über ihn. Aber es mochte ihm nicht gelingen. Schon immer war Regus Dorninger einer jener Menschen gewesen, um die Ben lieber einen großen Bogen gemacht hatte. Ein kalter Fisch.

Im Erdgeschoss traf er wieder auf Peter Neumüller.

»Was für eine Protzburg«, schnaubte sein Kollege. »Schauen wir kurz in den Keller und in die Garage, dann ab die Post. Passt das für dich?«

»Wie ein Maßanzug.« Ben war auch nicht nach einer Verlängerung ihres Aufenthalts im Hause Dorninger.

Wenig überraschend bot auch das Souterrain Luxus in Form eines gut bestückten Fitness-Studios und einer Sauna, dank der leichten Hanglage mit direktem Zugang zum See. Von dort gelangte man zudem in die Garage, in der, kein Klischee auslassend, neben einem älteren Van auch ein Porsche Cabrio sein Dasein fristete. Zwei weitere Parkplätze waren leer. Die dazugehörigen Fahrzeuge befanden sich immer noch auf der Rettenbach-Alm, ein halb ausgebrannter SUV und Charly Dorningers eher unspektakulärer Mini, der das Feuer erstaunlicherweise beinahe unbeschadet überstanden hatte.

Ermona Nagy hielt Sicherheitsabstand, als sie das Haus verließen, und hütete sich davor, ihnen noch einmal zu nahe zu kommen. Ein kurzes Winken zum Abschied musste genügen.

Die etwa 40-minütige Fahrt zur Rettenbach-Alm absolvierten sie schweigend. Jeder hing, wie so oft, seinen Gedanken nach. Schließlich bremste Peter Neumüller, der am Steuer saß, direkt vor dem Schranken am Parkplatz ab.

Bis zur Hütte des Senners waren es zwar ein paar Hundert Meter, dennoch hatte Ben dessen Angebot ausgeschlagen, ihnen die Schranken aufzusperren, was Ben nun, angesichts der Massen an Fahrzeugen, bereute. Offensichtlich herrschte fröhlicher Katastrophentourismus, jeder wollte »kurz nachschauen kommen«, was auf der Alm geschehen war. Zum Glück lagen die abgebrannte Hütte und das Waldstück etwas abseits, der einzige Zufahrtsweg war abgeriegelt und wurde bewacht. Immerhin handelte es sich um einen Tatort, der noch untersucht wurde. Erste aussagekräftige Ergebnisse waren für morgen zu erwarten.

Geschickt quetschte Peter Neumüller ihren Dienstwagen in eine Lücke und stieg aus. »Na, serwas«, kommentierte er den Auflauf, wandte sich ab und starrte direkt in die riesigen feuchten Augen einer Kuh. Besser gesagt, vieler Kühe. Eine ganze Phalanx an Hörnern versperrte ihnen den Weg. »Und jetzt?«, stieß er ratlos hervor. »Die sind mehr als wir. Und größer!«

Ben zwinkerte ihm zu, schob ohne Scheu zwei Leiber zur Seite und sich selbst mittendurch. »Sie tun dir nichts!«, rief er grinsend und wich geschickt einem umherpeitschenden Schwanz aus.

»Wissen die das auch?« Peter Neumüller wirkte erstarrt, machte keinerlei Anstalten, es seinem Kollegen gleichzutun.

»Selbstverständlich. Gefährlich wird es nur, wenn du einen Hund dabeihast, der bellt und sie aufscheucht. Dann kann es schon mal ungemütlich werden, insbesondere wenn sie Kälber haben. Solange du die Kühe in Ruhe lässt, tun sie das bei dir ebenfalls. Jetzt komm schon!«

Das, was aus Peter Neumüllers Gesichtsausdruck sprach, Todesverachtung zu nennen, wurde ihm bei Weitem nicht gerecht. Dennoch stapfte er dicht hinter Ben durch den Korridor und danach hocherhobenen Hauptes an ihm vorbei. Keine der Kühe schenkte ihnen weiter Beachtung. Erst kurz vor der Almwirtschaft hielt er inne und schnupperte demonstrativ an einem seiner Ärmel.

»Eau de Muh, mein Freund«, ließ Ben vernehmen und winkte dem Senner zu, der sie am Eingang erwartete.

Crispin Bach erinnerte an einen von Schneewittchens Zwergen: Er war spindeldürr, bis auf einen mächtigen Bauch, und reichte Ben, der von unten kommend an den 1,80 kratzte, gerade bis zum Kinn. Die sackförmige Hose aus grobem Stoff, ein grün kariertes Hemd sowie ein spitzer gewalkter Hut taten ihr Übriges. Listige blaue Äuglein blitzten unter buschigen Brauen hervor, darunter prangte eine prachtvolle Knollennase. Ehe er die beiden Polizisten begrüßte, zwirbelte er die Enden seines voluminösen grauen Schnauzers, der nahtlos in einen bis zur Brust reichenden Vollbart überging. »Griaß enk«, ertönte seine tiefe Stimme durch das Gestrüpp.

Crispins Sturschädel war so legendär wie seine Schlagfertigkeit. Unhöflichen Menschen begegnete er mit Ignoranz. Er vergaß niemanden. Wer schlau war, hütete sich davor, ihn zu verärgern, hieße das doch, für den Rest seines Lebens auf seine Kochkünste verzichten zu müssen. Die Speisekarte der Bachhütte bestand ausschließlich aus Produkten der Alm. Besonders Schlaue buchten Kochkurse, insofern sie das Glück hatten, einen Platz zu ergattern.

Peter Neumüllers Nase drehte durch. »Sind das Fleischkrapfen?«

Crispin nickte. »Die besten. Und a frisches G'sechltes mit Grießknödeln und Kraut gibt's heute auch. Magst?«

Dem nutztiergeplagten Polizisten stand mit einem Mal pures Glück ins Gesicht geschrieben.

»Moment, mein Lieber«, bremste Ben die Überflutung im Mund seines Kollegen, »zuerst die Arbeit, dann darfst die Kochtöpfe plündern. Griaß di, Crispin. Hast einen Hollersaft und ein bisserl Zeit für uns? Wir haben gestern leider nur viel zu kurz reden können.«

Inzwischen war es später Nachmittag. Die Sonne hatte sich hinter einige hohe Wolken verzogen, dennoch flirrte die Luft. Während Ben sich auf einer der grob behauenen Bänke niederließ, sah Peter Neumüller sich neugierig um.

Die zur Gänze aus dicken Holzstämmen gefertigte Bachhütte besaß zwar zwei Stockwerke, war aber klein und – dank Crispins Lebensgefährtin Martha – liebevoll gepflegt. Vor den winzigen Sprossenfenstern blühten Blumen in Kästen oder Töpfen, ein schmaler geschotterter Weg führte zunächst zum Haus und dann seitlich daran vorbei zu einem üppigen, durch einen Jägerzaun begrenzten Gemüse- und Kräutergarten.

Letzte Wanderer brachen auf und beäugten die Polizisten neugierig.

»Ich mache früher Schluss, damit wir ungestört sind«, brummte Crispin und stellte zwei große Gläser vor seine Gäste. »Heute hat's kein anderes Thema gegeben als den Brand und den Toten, das könnts euch sicher denken. Ich hab's mir verkniffen, etwas zu sagen, obwohl manche g'scheit gelöchert haben. Die ganz Ungenierten sind sogar unter den Absperrbändern zur Brandruine hindurchgekrochen. Aber denen haben die Feuerwehrler von der Brandwache eine kalte Dusche verpasst. Für manche ist Anstand leider ein Fremdwort.«

Dem konnte Ben nicht widersprechen. »Magst uns einfach noch mal erzählen, was gestern war?« Viel lieber, als Fragen zu stellen, war es ihm, Crispin das Geschehene in seine eigenen Worte kleiden zu lassen. Ben kannte den Bachwirt als scharfäugigen, schlauen Beobachter.

Der schürzte die Lippen, richtete seinen Blick in die Ferne und sagte eine geschlagene Minute lang kein Wort. Ben wartete stumm ab und trank indessen kleine Schlucke seines Saftes.

»Weißt, Bua, das war schon eine seltsame Geschichte.«

Die Ermittler spitzten die Ohren. Crispin Bach neigte nun wahrlich nicht zu Übertreibung. Wenn ihm etwas merkwürdig erschien, war es das auch.

»Ich hab den Regus wochenlang nicht gesehen, und dann stand er plötzlich bei mir in der Stub'n, fragte, ob er noch einen Schnaps bekäme. Das war neu, wir waren alles andere als beste Freunde, und er blieb immer für sich, wenn er in seiner Hütte war. Deshalb wollt ich auch nicht recht, aber er hat einfach nicht lockerg'lassen und erzählt, dass er sich mit seiner Frau g'stritten hätt' und sich jetzt beruhigen müsse.«

»Nannte er einen Grund für den Streit?«

»Nein, aber er wirkte angeschlagen oder, besser gesagt ...« Crispin zögerte.

Vier Augenbrauen hoben sich, als das Schweigen zu lange geriet.

»Besser gesagt, *was*, Crispin?«, hakte Peter Neumüller als Erster nach.

Der Senner gab sich einen Ruck. »Also gut. Was soll's, ihr müssts weiterkommen mit eurer Arbeit, deshalb red ich. Auf mich machte er den Eindruck, als ob er ... irgendwie ... verzweifelt wäre oder gar Angst hätte. Ich kannte den immer nur als ... sagen wir, wie es war ... arroganten Hund, aber gestern wirkte er auf mich richtiggehend desperat.«

Ben runzelte die Stirn. Angst und Verzweiflung waren in der Tat Regungen, die auch er bei dem überbordend selbstbewussten Unternehmer nie bemerkt hatte. Umso wichtiger schien es ihm nun, mit dessen Witwe zu sprechen, die immer mehr von der Zeugin zur Verdächtigen geriet.

Peter Neumüller schien ähnliche Gedankengänge zu verfolgen. Ein kurzer Blickkontakt reichte zur Verständigung.

»Ist dir sonst etwas aufgefallen?«

Der Senner schürzte die Lippen. »Nur das, was ihr eh schon wisst. Ich bin gegen Mitternacht noch mal raus, um alles zu überprüfen, und da habe ich Feuerschein bemerkt, rannte hin, so schnell ich konnte, aber es stand schon alles lichterloh in Flammen. Also hab ich Alarm ausgelöst und zusammen mit der Martha die Leute in den anderen Hütten gewarnt. Es war hoffnungslos, sosehr ich es auch anders gewollt hätte.« Dass er dem Unternehmer nicht hatte helfen können, schien Crispin schwer auf der Seele zu liegen.

Blieb nur eine Frage zu klären. »Hast du eigentlich in all der Zeit seine Frau gesehen?«

Bens Gegenüber schüttelte entschieden den Kopf. »Nein, die nicht. Zunächst dachten wir, sie sei ebenfalls verbrannt. Zum Glück fanden wir sie dann am Fluss, zwar verletzt, aber nicht tot.« Wieder Kopfschütteln. »Aber ich denke, es reicht mit dem Schlimmen, nicht wahr? Was ist jetzt mit den Fleischkrapfen?«

Die beiden Polizisten hüteten sich, Nein zu sagen. Den nachdenklichen Blick, den Ben dem in die Küche eilenden Senner zuwarf, bemerkte aber weder der noch Peter Neumüller. Ersterer, weil er ihnen den Rücken zuwandte und die Bestellung aufgab, Letzterer, weil er zu intensiv in das Studium der schwarzen Kreidetafel vertieft war, welche die noch vorhandenen Speisen auflistete. Was bereits aufgegessen war, hatte der Wirt kurzerhand durchgestrichen.

Eine Dreiviertelstunde später machten sich die beiden Kollegen auf den Rückweg. Die Rettenbach-Alm war berühmt für ihren nicht vorhandenen Handyempfang, weshalb man in dringenden Fällen entweder auf

Crispins antiquiertes Festnetztelefon zurückgreifen musste oder sich einfach in Geduld übte, bis das Smartphone wieder ein paar Striche anzeigte.

Ben entschied sich für Variante zwei, wurde aber am Talausgang in seiner Hoffnung auf Neuigkeiten aus dem Krankenhaus enttäuscht. Die Ärztin aus dem Salzkammergut Klinikum hatte sich nicht mehr gemeldet.

Mit einem Mal sehr müde, beschloss Ben, es für heute gut sein zu lassen und sich in seine gemütliche Behausung hoch über Bad Goisern zurückzuziehen. Auf dem Weg setzte er seinen Partner bei Filo Hemetsberger ab. Marie Giesingers Sprechstundenhilfe vermietete neuerdings Zimmer in ihrem Haus in der Ischler Rettenbachwaldstraße, und sein Kollege hatte nach dem erfreulichen Ende ihres letzten Falls vor neun Monaten freundschaftliche Bande zu ihr entwickelt.

Ben selbst zog es allerdings vor, sich von den Frauen fernzuhalten. Seine Beziehung zu Marie war komplex, seine Sorge vor erneuter Verletzung so groß wie sein Bedürfnis nach Abstand. Peter Neumüller allerdings war, zu Filos großem Vergnügen, schon zweimal mit seiner Familie samt Hund bei ihr abgestiegen, um einen Kurzurlaub im Salzkammergut zu verbringen.

LKA LINZ

Brachtkatl.
Eine sehr gesprächige Frau.

»Es war eine Kettenreaktion.«

Bei der Morgenbesprechung war Joachim Ressel, einer der Brandsachverständigen des LKA, in seinem Element. Ein Beamer warf Drohnenfotos vom Tatort an die Wand. Danach Nahaufnahmen der Brandruine. »Wir stehen zwar ganz am Anfang, aber ein paar Details wissen wir schon. Unser Brandmittelspürhund hat beim Kamin angeschlagen«, fasste der große Glatzkopf mit der dicken Brille die ersten Erkenntnisse zusammen. »Der war zwar jetzt im Hochsommer nicht in Betrieb, dennoch dürfte sich brennbares Material darin befunden haben. Höchstwahrscheinlich Ethanol, denn wir haben einen geschmolzenen Plastikbehälter und eine große Feuerschale aus Edelstahl in den Überresten gefunden. Die dürfte umgekippt und ausgelaufen sein. Oder wurde ausgeleert. Die extrem brennbare Flüssigkeit hat dann umgehend alles in unmittelbarer Umgebung des Kamins in Brand gesetzt. Kleidung. Papier. Stoff. Den Ethanol-Kanister. Den Menschen. Schließlich sind dann noch zwei gelagerte Gasflaschen in die Luft geflogen, und die vom Kühlschrank. Die entstandene Verpuffung hat die Fenster zerborsten.«

Peter Neumüller hakte nach. »Wie lange hat das gedauert?«

»Ich tippe auf nur wenige Minuten von den ersten Flammen bis zum Vollbrand. Womöglich überraschte die Geschwindigkeit, mit der sich das Feuer ausbreitete, den Täter, und er hinterließ Spuren. Passiert gar nicht so selten. Wir sind dran und durchsieben alles, vielleicht finden wir trotz der umfassenden Zerstörung etwas. Wegen des bevorstehenden Gewitters war es zudem stürmisch, was zu beträchtlichem Funkenflug und einem schnellen Übergreifen der Flammen auf die ausgedörrten Gräser und Bäume führte. Zum Glück war der anschließende Wolkenbruch heftig, sonst würde es dort oben jetzt ganz anders aussehen. Die vordere Tür zur Hütte war verschlossen, sie wurde ebenfalls bei der Verpuffung weggesprengt. Die schmale im Schlafzimmer nicht, stand also vermutlich offen.«

Höchst interessante Informationen, die die Ermittler im Hinterkopf behalten würden.

Danach war Hans Einwaller, der ebenfalls anwesende Rechtsmediziner, dran. »Ich habe mich sofort nach der Einlieferung der Leiche an die Obduktion gemacht. Nach dieser Besprechung kümmere ich mich gleich um den DNA-Abgleich aus der Zahnbürste, die Ben uns gestern per Kurier schicken ließ. Dorningers Leiche war zwar übel zugerichtet, lag aber direkt vor dem gemauerten Kamin samt Steinfliesen, weshalb Gesicht und Oberkörper im Gegensatz zu den Extremitäten nicht zur Gänze verbrannten.« Auch hierzu gab es entsprechende Fotos an der Wand. Nichts für schwache Mägen, sogar die erfahrenen Ermittler zuckten beim Anblick der entstellten Überreste zusammen. »Ich habe keine Rußpartikel in seiner Lunge gefunden. Regus Dorninger hat bei Brandausbruch definitiv nicht mehr gelebt.«

»Ist er dort auch niedergeschlagen worden und gestorben?«

»Tathergang und Position der Leiche deuten darauf hin, aber genau sagen lässt sich das nicht mehr.«

»Was ist mit der Tatwaffe?« Dino Cortone sah mit seinen schwarzen Locken und Augenbrauen zwar aus wie ein typischer Italiener, der er dank seiner Vorfahren auch war, dennoch hatte er die Frage in breitem Innviertler Dialekt gestellt. In seinem Reisepass stand als Geburtsort Ried im Innkreis.

»Dem Opfer wurden Hinterkopf und Kiefer eingeschlagen. Womit, ist unklar. Sie sind großflächig zerstört. Die starke Hitzeentwicklung tat ihr Übriges. Ich bin mit der Leichenschau noch nicht ganz durch, aber bislang habe ich nichts Aussagekräftiges gefunden. Aufgrund der Art der Knochenschäden vermute ich einen größeren eckigen Gegenstand, vielleicht einen Pokal oder Ähnliches.«

Wie auf Kommando richteten sich alle Blicke auf den Brandsachverständigen. Der zuckte mit den Schultern. »Wir halten die Augen offen.«

Chefinspektor Christian Franz bedankte sich bei seinen Kollegen und fasste die bisherigen Fakten zusammen. »Wir haben es also definitiv mit Mord zu tun. Der Täter schlug zuerst zu und setzte dann, vermutlich um Spuren zu verwischen, die Hütte in Brand. Warum aber ließ er die Frau am Leben? Eine Zeugin? Oder hatte er vor, auch sie umzubringen, und sie ist ihm entkommen? Er muss die Hütte beobachtet und gewusst haben, dass sie da ist. Findet ihr nicht auch, dass es sich mehr nach einer spontanen und nicht nach einer großartig geplanten Tat anhört?«

Die Kollegen nickten. Einige zögerlich. Gruppeninspektorin Helene Almesberger meldete sich zu Wort. »Oder Charly Dorninger ist die Täterin, die sich als Opfer darstellt. Laut Crispin Bachs Aussage haben das Opfer und sie vor dem Brand gestritten.«

An dieser Stelle mischte sich Ben ein, der per Zoom zugeschaltet war. »Peter und ich fahren nachher ins Krankenhaus. Heute kann sich Dr. Schandl auf den Kopf stellen, wir werden die Zeugin vernehmen. Vielleicht wissen wir danach schon mehr. Möglicherweise alles, und der Fall ist gelöst. Jedenfalls sollte die Gute eine solide Erklärung parat haben.«

»Auch dafür, warum die eine Tür der Hütte versperrt war und die andere offen stand«, ergänzte Peter Neumüller. »Ich finde das höchst verdächtig.«

DAS SALZKAMMERGUT KLINIKUM

Es sche giatla toa.
Eine Aufgabe langsam und vorsichtig angehen.

Auch an diesem Tag arbeitete der Sommer an seiner persönlichen Bestleistung. Schon jetzt, um kurz nach halb elf Uhr vormittags, war es in der Sonne kaum auszuhalten. Bad Ischl quoll über vor Menschen aller Nationalitäten und Kleidungsstile. Trotz der Hitze war die Stimmung ausgelassen, man genoss die vielen Attraktionen, Bars und Standln mit ihren Erfrischungen. Sowohl das Kulturhauptstadtjahr als auch die Kaisertage fieberten ihrem Höhepunkt entgegen.

Das Salzkammergut Klinikum Bad Ischl lag auf einer kleinen Anhöhe etwas abseits des Trubels. Immer wieder hatten die Wege der Kriminalisten im Zuge der Ermittlungen hierhergeführt. So war auch die große, schlanke Ärztin mit den kurzen roten Haaren, die sie am Empfang erwartete, keine Unbekannte, hatten sie doch bei einem Fall aus dem letzten Herbst zusammengearbeitet. Dr. Ivana Schandl, wie ihrem kleinen Namensschild an ihrem klassischen weißen Ärztekittel zu entnehmen war. Auch ihr aufmerksamer, aber distanzierter Gesichtsausdruck schien sich nicht verändert zu haben. Genauso wenig wie ihre unverblümte Art.

»Die Herren von der Kripo. Wie schön. Und ich darf wieder mal die Firewall zwischen Ihnen und einem meiner Patienten spielen. Nichts, was mir meinen Tag erleichtert.«

Ben konnte nicht anders, als zu grinsen. Die Ärztin hatte bei ihm von Anfang an einen Stein im Brett gehabt. »Aber Sie sind Master in Command, Frau Doktor. Können wir fast-forwarden und Charly Dorninger sehen?«, stieg er auf ihren Jargon ein.

»Die Escape-Taste ist keine Option, schon klar.« Sie lächelte, um im nächsten Moment wieder ernst zu werden. »Es geht ihr schon etwas besser, sie erholt sich gut, und die Kopfverletzung ist zum Glück nicht so gravierend wie anfangs angenommen. Dennoch möchte ich bei dem Gespräch anwesend sein. Für Frau Dorninger ist es in Ordnung, das habe ich selbstverständlich schon abgeklärt.«

»Weiß sie, was passiert ist?«

»Nicht im Detail, nur, dass sie bei einem Brand verletzt wurde – und ihr Mann tot ist.«

Ben verzog das Gesicht.

Die Ärztin nahm es ungerührt zur Kenntnis. »Ich musste es ihr sagen. Es war die erste Frage, die sie stellte.«

Natürlich. »Erinnert sie sich?«

An die Art und Weise, wie Dr. Schandl beim Überlegen ihre Lippen schürzte, erinnerte Ben sich jedenfalls noch, und auch daran, dass nun eine klare Replik kommen würde.

»Es ist Ihr Job, das herauszufinden, Herr Gruppeninspektor. Meiner ist es, auf das Wohl meiner Patientin zu achten und den Genesungsprozess nicht zu gefährden. Gehen wir?«

Charly Dorninger war eine zarte dunkelhaarige Person, wirkte beinahe ätherisch. Ben kannte den Typ. Diese Art von Frau war zäher, als sie aussah, und kämpferisch. Nicht im klassischen Sinne hübsch, aber mit ihren tiefblauen Augen, der schmalen Nase und den breiten Lippen ein Hingucker. Ihre sehnigen, verkratzten Arme und der schmale Körper, der sich unter der Bettdecke abzeichnete, ließen erahnen, dass Sport zu ihrem fixen Tagesprogramm gehörte. Ein großes Pflaster zierte ihre Stirn. Sie wirkte verletzlich und scheu.

Ben würde sich hüten, sich davon täuschen zu lassen.

Gefolgt von der resoluten Ärztin trat er näher und stellte sich vor. »Darf ich mich setzen und Charly sagen?«, bemühte er sich um Nähe und Freundlichkeit und quetschte sich mit gebührendem Abstand auf einen unbequemen Plastikstuhl. Nur nicht zu dicht aufrücken, sie sollte sich keinesfalls von ihm bedroht oder unter Druck gesetzt fühlen.

Ein zustimmendes Lächeln verlieh ihrem blassen Gesicht mit einem Mal etwas ungemein Attraktives. Keine Frage, Charly Dorninger war eine anziehende Frau. Das, was Ben von ihr wusste, weniger. Umso wesentlicher erschien es ihm, sich ein eigenes Bild zu machen.

»Wie geht es Ihnen?« Der kleine Eisbrecher funktionierte.

»Danke, gut«, hörte er zum ersten Mal ihre raue Stimme, die so gar nicht zu ihrem fragilen Äußeren passen wollte. Dem Satz folgte zittriges Durchatmen, als ob sie sich vor dem nun zu Erwartenden wappnen wollte.

Ben entschied sich für den direkten Weg. »Können Sie sich daran erinnern, was vorgestern Nacht geschehen ist, Charly?«

»Ein wenig«, kam es leise zurück.

»Beginnen wir von vorne. Wann sind Sie denn am Sonntag auf die Rettenbach-Alm gekommen?«

Nachdenklich spielte sie mit ihren Fingern. »Regus ist schon in der Früh hoch. Wir hatten verabredet, uns am späteren Nachmittag dort zu treffen. Ich wollte eigentlich nicht. Mir war es zu heiß. Aber, nun ja, wie soll ich das sagen, wir mussten …« Sie verstummte, wirkte mit einem Mal besorgt.

Ben ahnte, warum, und vollendete den Satz. »… miteinander reden? Gab es Klärungsbedarf? Hatten Sie gestritten?«

Ihr Kopf sank nach unten. Genügend Bestätigung für den erfahrenen Ermittler. Bisher hatte er nicht erwähnt, dass Charlys Mann ermordet worden war. Reine Taktik. Dies war eine Zeugenbefragung, die Patientin verdächtig. Er würde schon noch mit den Fakten kommen, aber nicht gleich.

Plötzlich ging ein Ruck durch ihren Körper und sie richtete sich auf, hob den Blick, fixierte ihn. »Weshalb sind Sie *wirklich* hier? Hier stimmt doch etwas nicht. Heraus mit der Sprache, sonst sage ich kein Wort mehr.«

Die präzise abgefeuerten Schlussfolgerungen brachten ihn aus dem Konzept. In seinem Rücken spürte er das wissende Lächeln der Ärztin.

Zeit, Farbe zu bekennen. »Ihr Mann ist tot, Charly, das wissen Sie bereits. Aber mittlerweile hat sich bestätigt, dass es kein Unfall war. Er wurde ermordet.«

Gespannt auf die Reaktion, ließ er die Frau keine Sekunde lang aus den Augen.

»Warum haben Sie mir das nicht sofort gesagt? Gelte ich als verdächtig? Wollten Sie mir Informationen entlocken, bevor ich einen Anwalt zurate ziehe? Nennen Sie das ein korrektes Vorgehen?« Ihr Blick huschte von einem zum anderen. Ben. Peter Neumüller. Dr. Schandl. Wieder zurück zu Ben. »Ich denke, es ist besser, wenn Sie jetzt gehen. Sie können froh sein, wenn ich keine Beschwerde einreiche.«

Schnell spielte Ben seine Optionen durch, entschied sich für die naheliegendste. Ehrlichkeit. »Entschuldigen Sie bitte, Charly. Aber Ihr Mann ist tot. Sie wollen doch sicher auch, dass wir seinen Mörder finden. Und, ja«, gestand er offen, »natürlich stufen wir Sie als verdächtig ein. Sie waren die Letzte, die ihn lebend gesehen hat.«

War ihr mit Geradlinigkeit am besten beizukommen? Insgeheim dankte er Dr. Schandl, die nicht eingriff und sich nach wie vor schweigend im Hintergrund hielt.

Charly Dorninger schien einen Entschluss gefasst zu haben. »Ich billige Ihr Verhalten keineswegs, Ben«, vermied sie offenbar sehr bewusst seinen Rang, »aber natürlich werde ich alles dazu beitragen, den Mord an meinem Mann aufzuklären.« Regus' Tod mochte ihr nahegehen, aber sie schien weit davon entfernt, darüber in Tränen auszubrechen. »Also, was möchten Sie wissen?«

»Was stimmte nicht zwischen Ihnen?«

»Ihre Informationen sind richtig. Regus und ich haben gestritten. Nicht zum ersten Mal. Ich war mit vielem, was er tat, nicht mehr einverstanden. Am Sonntag bin ich nur deshalb auf die Hütte, weil ich … nun ja … die Scheidung verlangte.« Charly schien zu wissen, wie brisant diese Aussage war.

»Wie reagierte er?«

»Es hat ihm nicht gefallen.« Herausfordernd sah sie ihn an.

Ben ließ ihr die Provokation durchgehen und gab sich an anderer Stelle ahnungslos. »Wir wissen vom Fall Brugger. Waren nicht Sie es, die der alten Dame den Kredit fällig stellte und so den Verkauf erst ermöglichte?«

Ihre Erregung wich Scham und Reue. »Ich war über die Pläne meines Mannes im Bild. Und feig. Es nicht verhindert zu haben, werde ich mir nie verzeihen. Danach konnte ich nicht mehr mit Regus. Mich ekelte vor seinen Berührungen. In Wahrheit hätte ich schon viel früher einen Schlussstrich ziehen müssen, aber einen Herrn Dorninger verlässt man nicht.«

Weder leugnete sie ihren Anteil, noch spielte sie ihn herunter. Bemerkenswert.

»Haben Sie tatsächlich Koloman Bruggers Anwaltskosten übernommen?«

Ihr Schweigen war Antwort genug.

»Eine beträchtliche Summe.«

»Mein Erspartes. Regus war nur dann großzügig, wenn er es wollte. Natürlich existiert ein Ehevertrag. Im Fall einer Trennung hätte ich nichts bekommen. Aber wissen Sie was, Herr Inspektor? War mir lieber so, ich wollte sein Blutgeld nicht.«

Mochte ihr Verhalten auch für sie sprechen, so ließ Ben sich keinesfalls davon einwickeln. Immerhin war die geforderte Scheidung in Zusammenhang mit einem Ehevertrag ein gutes Mordmotiv.

»Kommen wir zurück zur Tatnacht. Woran erinnern Sie sich?«

»Wie gesagt, nicht an viel«, blieb sie auf ihrer Spur. »Wie vereinbart, kam ich am frühen Abend bei der Hütte an. Regus saß mit einem Bier auf der Bank vor dem Haus. Nicht sein erstes. War mies drauf. Dennoch zögerte ich keine Sekunde, sagte ihm, was Sache war. Er lachte nur. Ich musste mich beruhigen, drehte eine kleine Runde.«

Sie schluckte, ehe sie nahezu tonlos fortfuhr. Wieder in kurzen Sätzen, ohne Punkt und Komma. »Als ich zurückkam, aßen wir. Tranken zu viel Wein. Diskutierten. Irgendwann wurde ich müde. An Autofahren war sowieso nicht mehr zu denken. Wir gingen schlafen. Ich ins Bett, er auf die Ofenbank. Irgendwann wachte ich auf, vernahm Donnergrollen, beschloss, vor die Hütte zu gehen und den Blitzen zuzusehen. Trank ein wenig Wasser aus einer Flasche beim Bett. Trat durch die Hintertür … Das Nächste, woran ich mich erinnere, ist, dass ich in diesem Zimmer aufwachte und sich Dr. Schandl über mich beugte. Seither zermartere ich mir den Kopf darüber, was passiert sein könnte.«

»Eine Flasche beim Bett?«, blieb Ben hartnäckig. »Stand die schon da?«

Sie überlegte, nickte zögerlich. »Doch, ja.«

Er wandte sich an Dr. Schandl. »Kann es sein, dass sich etwas darin befand? K.-o.-Tropfen oder etwas Ähnliches, was die Erinnerungslücken erklärt?«

»Wir haben nichts dergleichen in ihrem Blut gefunden, aber möglich ist es. Benzodiazepine, GBL oder Ketamine bauen sich sehr schnell ab, sind nach nur wenigen Stunden nicht mehr nachweisbar. Alkohol war auch im Spiel.«

Vorerst hatte Ben genug gehört. Er brauchte Zeit zum Nachdenken. Einen Austausch mit Peter Neumüller. Danach Sport. Und seine Küche.

Nach einer kurzen Verabschiedung traten die beiden Ermittler ins Freie, doch just in dem Moment, als Ben ansetzte, den Kollegen um seine Meinung zu fragen, läutete dessen Telefon. Hektisches Gequäke drang durch den Lautsprecher. Schließlich wandte sich der sichtlich erblasste Peter Neumüller mit großen Augen an Ben. »ChouChou«, krächzte er.

»Was ist mit ihr?«, hakte Ben besorgt nach. Der kleine Familienspaniel der Neumüllers hatte es auch ihm angetan.

»Sie hat einen Knochen gefressen, ist beinahe erstickt. Luna hat einen Heulkrampf, kann sich gar nicht mehr beruhigen.«

»Wie schlimm ist es?«

»Das würde ich gern herausfinden. Okay für dich, wenn ich nach Hause fahre und es abkläre? Ich bin morgen früh wieder hier.«

»Hau ab. Du bist eh zu nichts zu gebrauchen, solange du nicht weißt, was Sache ist.« Peter Neumüller war ein absoluter Familienmensch, der seine Frau und die Kinder abgöttisch liebte. Und den kleinen Hund, obwohl er das nie zugegeben hätte.

Die schwülwarme Luft drückte allen aufs Gemüt. Ungeachtet dessen war Ben zwei Runden um den malerischen Offensee gelaufen und hatte ihn danach durchschwommen.

Jetzt lag er schwer atmend am Ufer und genoss das Naturschauspiel von sich riesig aufbauschenden schneeweißen Wolkentürmen. Unablässig ging ihm das Gespräch mit Charly Dorninger durch den Kopf. Sie hatte ihn mit ihrer Ehrlichkeit überrascht, und er glaubte ihr. Dennoch störte ihn etwas. Doch wie er es auch drehte und wendete, gelang es ihm nicht, seinen Finger auf die Ungereimtheit zu legen.

Zurück beim Auto fasste er einen Entschluss.

Als sich die Dunkelheit über Bad Ischl senkte, bremste Ben vor dem Eingang des Salzkammergut Klinikums, schob sich langsam aus dem Auto und blickte sich um. Keine Menschenseele war zu sehen, die Besuchszeit längst vorbei und, so sein Kalkül, auch Dr. Schandls Dienst.

Wie selbstverständlich winkte er dem Portier zu, der ihn erkannte und keine Einwände erhob, als Ben in Richtung Treppenhaus eilte. Wenig später klopfte er leise an Charly Dorningers Tür und öffnete sie, ohne ihr Einverständnis abzuwarten.

Der Raum war still und dunkel, nur eine kleine Leselampe brannte. Verwundert sah die Frau ihrem ungebetenen Gast entgegen. Mit vorsichtigen Schritten trat er näher, ohne sich für den Überfall zu entschuldigen.

»Ich dachte mir schon, dass Sie wiederkommen würden, nur nicht so schnell.« Sie lächelte. »Als Sie vorhin gegangen sind, wirkten Sie unzufrieden.«

»Sind Sie Expertin darin, andere zu lesen?«

»Interessierte Laiin«, wiegelte sie ab. »Ich habe Seminare und Schulungen zum Thema Körpersprache besucht und jedes verfügbare Buch verschlungen. Ein spannendes Feld.«

Erneut landete er auf dem unbequemen Plastikstuhl, den niemand weggeräumt hatte. »Und was lesen Sie aus meiner Sitzhaltung?«

»Sie ist aufrecht, die Knie stehen nebeneinander, die Füße berühren vollflächig den Boden. Ihre Hände liegen ruhig auf den Oberschenkeln, Ihr Oberkörper ist leicht nach vorne gebeugt, das Kinn oben, der Blick gerade auf mich gerichtet. Sie sind aufmerksam und erden sich gleichzeitig, um sich Sicherheit zu geben, weil Sie noch nicht wissen, wie ich reagieren werde. Zudem achten Sie sorgfältig darauf, genügend Distanz zu wahren, damit ich mich nicht bedrängt fühle, aber nicht zu viel, denn Sie brennen auf Antworten.«

»Ich bin beeindruckt.« Ben setzte sein jungenhaftes Grinsen auf, das normalerweise nie seine Wirkung verfehlte. Diesmal schon.

»Ich nehme an, Dr. Schandl weiß nichts von Ihrer Anwesenheit? Dass Sie so spät kommen, lässt mich vermuten, Sie haben abgewartet, bis der Nachtdienst übernimmt.«

»Ertappt. Werden Sie mit mir reden?«

»Ohne Zeugen? Dürfen Sie das überhaupt?«

Grauzone.

»Ihre Aussage von heute Nachmittag lässt mir keine Ruhe«, ließ er eine Antwort offen.

»Dabei habe ich mich so bemüht.«

»Würden Sie mir erzählen, wie Sie und Regus sich kennenlernten?« Ben hatte die Frage zwar ohnehin stellen wollen, nur nicht zu diesem Zeitpunkt. Er hätte sich auf die Zunge beißen mögen.

»Tut das etwas zur Sache?« Trotz der Frage wirkte sie nicht beleidigt.

»Kann ich noch nicht sagen.«

»Warum nicht?«, willigte sie ein. »Es ist kein Geheimnis, aber im Grunde auch keine besonders ungewöhnliche Geschichte. Es war vor acht Jahren. In Velden am Wörthersee …

SOMMER 2016

Enta.
Früher.

»Charly, den überlasse ich dir. Pass auf, dass er nicht zudringlich wird. Und dass er seine Rechnung bezahlt. Sonst lauf ihm nach. Wenigstens eine, die das dann noch tut.«

Das Grinsen, das Wastis Satz begleitete, hätte er sich gut und gerne sparen können. Als Kollege war er okay, besser als die anderen, aber auch er schreckte nicht davor zurück, den Frischling absichtlich auflaufen zu lassen.

Vor acht Monaten hatte sich ihre bislang so heile Welt von einer Sekunde zur nächsten vollkommen auf den Kopf gestellt. In jenem Moment, da Martin in Libyen gestorben war.

Nie mehr würde sie den Anruf vom Außenministerium vergessen. Eine Terrormiliz, wahrscheinlich eine dem IS nahestehende Gruppe, habe im Norden des Landes das Ölfeld überfallen, auf dem er für ein internationales Unternehmen tätig gewesen war. Mehrere Mitarbeiter seien grausam getötet, sechs verschleppt worden. Unter ihnen Martin.

Danach das monatelange Bangen. Die Hoffnung, als bekannt wurde, dass zwei der Entführten freigekommen waren, nicht jedoch Martin. Monate später dann der Fund. Das Grab mit den vier Leichen in der Wüste. Nach einer DNA-Analyse waren ein mumifiziertes Ohr und einige Knochen eindeutig Martin zuzuordnen gewesen, zudem Teile seiner Kleidung sowie sein Mitarbeiterchip vom Ölfeld.

Zwar war ihre Beziehung wegen seiner langen Abwesenheiten kompliziert verlaufen, dennoch traf sie sein grausamer Tod tief. Nicht nur menschlich. Weil Charly sich in ihrem Schock und der Trauer zu Hause vergraben hatte, war sie lange nicht auf der Bank gewesen. Erst als ihr Vermieter ihr mitteilte, dass das Geld für die Wohnung nicht abgebucht werden konnte, wurde ihr klar, dass die Terroristen ihr nicht nur den Lebensgefährten, sondern auch all ihr Geld genommen hatten, sprich irgendwie an Martins Kreditkarten und ihr gemeinsames Konto gekommen sein mussten. Fast 100.000 Euro waren weg, mühsam erspart, zurückgelegt für ihr Psychologiestudium und eine gemeinsame Wohnung in Villach.

Sie stand vor dem Nichts. Zum Glück zeigte sich der Vermieter kulant, stundete ihr die Miete für zwei Monate, als sie demütig zu Kreuze kroch und bettelte.

Danach musste rasch ein Job her. Ihren großen Traum vom Studienabschluss konnte sie vorerst ad acta legen, denn in ihrem Leben gab es niemanden mehr. Keine Eltern. Keine Verwandten. Keine Geschwister. So etwas passierte, wenn man sich direkt nach der Geburt in der Babyklappe eines Krankenhauses wiederfand, das anschließende Waisenhaus sich als alles andere als ein Ort der Muße herausstellte und man sich zudem als massiv untauglich für diverse Pflegefamilien erwies.

Wenn in Velden eines gefragt war, dann gute Mitarbeiter in der Gastronomie. Eine der Szenebars nahe dem Casino nahm sie mit Handkuss, und das, obwohl sie keinerlei Vorkenntnisse besaß. Aber sie war jung, hübsch und nicht auf den Mund gefallen.

Seit einigen Wochen stand sie nun also schon hinter dieser Theke, angetan mit einem verräterischen Top und engen Leggins, aufgebrezelt, um den Umsatz anzukurbeln und möglichst viel Trinkgeld abzusahnen. Was bedingte, nicht gleich in Ohnmacht zu fallen, wenn mal einer grapschte und blöde Kommentare vom Stapel ließ. Sie hasste den Job von der ersten Sekunde an.

Den neuen Gast bemerkte sie sofort. Nicht nur, weil er passabel aussah, wenngleich für ihren Geschmack etwas zu alt, sondern weil er weder die Getränkekarte noch sie selbst gierig musterte. Sein Lächeln war zurückhaltend. Wie sein ganzes Gehabe. Und sein Outfit. Trotzdem teuer. Verstohlen musterte sie seine Rolex, die Sneaker, das T-Shirt einer Edelmarke um fast 400 Euro aus einer Boutique beim Casino. Wie konnte jemand, ohne mit der Wimper zu zucken, dermaßen viel Geld für ein Teil ausgeben, dessen Warenwert lediglich einen Bruchteil davon betrug? Alles Psychologie. War etwas unverschämt überteuert, gab es immer jemanden, der es genau deshalb haben wollte.

Auch seine Chinos wirkten edel, so wie der Gürtel. Der Haarschnitt. Der Dreitagebart und die Zähne, die er soeben entblößte, als er ihr ein freundliches Lächeln schenkte. »Gin Fizz, bitte.«

Die Stimme klang etwas zu hoch und leicht nasal. Trotzdem. Der Typ gefiel ihr. Ehering trug er auch keinen, hatte nicht einmal eine verdächtige weiße Stelle am Ringfinger.

Die Anziehung beruhte auf Gegenseitigkeit. Um das zu erkennen, brauchte sie kaum zwei Sekunden. Nicht nur, weil es häufig vorkam, dass sich jemand für sie interessierte, sondern auch, weil Körpersprache eines ihrer Steckenpferde war.

Leider betrachteten nur allzu viele Gäste die junge Frau hinter der Theke als Freiwild, Einrichtungsgegenstand oder Watschenbaum, den man unhöflich, fordernd, despektierlich oder respektlos behandeln durfte, je nachdem, wie man drauf war. Schließlich war man der- oder nur zu oft auch *die*jenige mit dem Geld. Dienstleistung war ein hartes Geschäft. »Danke«, »Bitte« und »Entschuldigung« schienen mit steigendem Alkoholkonsum Fremdwörter für viele Gäste zu sein.

Zum Glück gab es auch die anderen. Die Höflichen. Die Netten mit den hohen Trinkgeldern.

Fiel der Kandidat am Tresen in diese Kategorie? Sein Dankeschön war charmant, der Bonus hoch. Bei jeder Order. Nach der dritten fragte er, ob er ihr ein Getränk ausgeben dürfe, und zwar den echten Stoff, kein Mineralwasser aus einer Champagnerflasche.

Er blieb. Sie arbeitete.

Zwei Abende lang.

Am dritten erkundigte er sich, ob er sie morgen vor der Arbeit zu einer Bootsfahrt einladen dürfe. Ach, *die* Tour, dachte sie ein wenig enttäuscht. Offenbar war sie an den Besitzer einer der paar Hundert heiß begehrten Motorbootlizenzen für den See geraten, für die andere einen Mord begehen würden. Sie mochte den Schlag nicht. Weder die Menschen noch ihre Gefährte.

Am Steg dümpelte ein wunderschönes Elektroboot einer Edelmarke aus den 50er-Jahren. Dunkelblau, aus viel Holz samt Intarsien und beigem Leder. »Ich mag keinen Lärm am Wasser, bewege mich aber gerne schnell von A nach B. Die alte Dame hat Patina, aber die Batterien sind brandneu. Generell schätze ich Dinge, die Klasse haben. Die Landschaft. Das Leben. Die Gesellschaft. Beim letzten Wort hatte er ihr zugezwinkert. Sie ertappte sich dabei, zurückzugrinsen.

Sein Name war Regus. 15 Jahre älter als sie selbst, also Anfang 40, Unternehmer aus dem Salzkammergut. Neben seinem Apartment in Wien, in dem er die meiste Zeit lebte, trieb es ihn regelmäßig in seine Jagdhütte in Bad Ischl, sein Wochenenddomizil in der Nähe von Kitzbühel oder eben in seine kleine, feine Wohnung hier am Wörthersee, die bewusst nicht inmitten all des Trubels lag, sondern etwas abseits davon, ruhig im Grünen.

All das erfuhr sie aber erst nach und nach, insbesondere, was wirklich wichtig war: keine Ehefrau. Kein Kind. Er selbst keines von Traurigkeit. Doch nun, gestand er eines Abends, habe er sich die Hörner abgestoßen und wünsche sich »mehr«. Ob er das behauptete, um sie herumzukriegen? Ihr Bauchgefühl war sich nicht sicher.

Dennoch wurde sie schwach und landete in seinem Bett. An ihrem freien Tag, und nachdem er sie gebührend mit seiner Wohnung im modernisierten Dachgeschoss einer alten Villa nahe dem romantischen Saisser See beeindruckt hatte. Diese war zwar überschaubar groß, glänzte aber mit einer atemberaubenden Aussicht über halb Kärnten bis hinein in die Julischen Alpen.

So hatte es begonnen zwischen ihr und Regus Dorninger – zu schön, um wahr zu sein. Genau das war es letztendlich auch. Nur acht Monate nach ihrem ersten Treffen hielt er um ihre Hand an. Ohne zuvor je in Bad Ischl gewesen zu sein, sagte sie Ja und zog ins Salzkammergut.

Um in einer Hölle der ganz besonderen Art zu landen.

BEN

Koa Trüfföweiwal.
Eine Frau, die nicht gern über andere spricht.

Hundemüde hatte Ben sich gegen Mitternacht verabschiedet, doch zu Hause angekommen, ließ der Schlaf auf sich warten. Erst gegen halb drei Uhr morgens glitt er in einen unruhigen Dämmerzustand. Dementsprechend gerädert erwachte er am nächsten Morgen vom Klingeln des Telefons. Crispin Bachs Name erhellte das Display.

»Du, Ben, komm herauf zu mir. Die Martha hat etwas gesehen, sich aber erst gestern am Abend daran erinnert. Und das auch nur, weil ich ihr ins Gewissen geredet hab.«

Sich erinnern, weil man dazu gedrängt wurde? Wie sollte das gehen?

Es war gerade erst halb sieben durch, was bedeutete, dass die beiden Bachs schon seit mindestens zwei Stunden auf den Beinen waren – trotz des Feiertags heute: Mariä Himmelfahrt.

Mit einem grantigen Grunzen schälte Ben sich aus den kuscheligen Federn und tapste zur Kaffeemaschine. Erst der zweite Ristretto weckte seine müden Lebensgeister halbwegs. Ein Blick vor die Hütte bestätigte: Über Nacht hatte es abgekühlt, die Hitzewelle schien eine Verschnaufpause einzulegen. Dichte Wolken drängten sich am Himmel, womöglich würde es später regnen. Die Natur, aber auch die Menschen konnten aufatmen.

Knirschend kam sein Wagen auf dem Schotter auf der Alm zu stehen. Keine einzige Kuh ließ sich blicken. Peter Neumüller wäre in spontanen Jubel ausgebrochen. Bens Kollege war noch in Linz, wie er ihm zuvor bei einem Telefonat bestätigt hatte, und würde im Laufe des Vormittags, versehen mit den neuesten Erkenntnissen der Brandsachverständigen, zu ihm stoßen.

Der Wirt sah ihn schon von Weitem und empfing ihn mit einer großen Tasse Häferlkaffee. Neben ihm duckte sich, zerknirscht und mit schuldbewusstem Blick, seine Frau.

Bens Neugierde brodelte, doch zuerst musste das dritte konzentrierte Koffein des Tages seine immer noch trägen Zellen befeuern. Inzwischen hatte er am hölzernen Stammtisch im Inneren der Hütte Platz genommen und vertilgte ein großes Stück frisches Bauernbrot, bestrichen mit selbst gemachter Salzbutter und bestreut mit Schnittlauch aus dem Garten hinter der Hütte. Dazu ebenfalls taufrische Tomaten und Radieschen. Es schmeckte fantastisch. In diesem Moment stellte Martha ihm zur kulinarischen Perfektion zwei gekochte Hühnereier auf den Tisch. Die winzige Wirtin schien über die Verzögerung genauso erfreut zu sein wie Ben, wenn auch aus anderen Gründen.

Schließlich gab es keinen Aufschub mehr. »Raus mit der Sprache, was liegt euch auf dem Herzen?«, forderte Ben die beiden mit einem freundlichen Lächeln auf.

Martha zuckte zusammen. »Also, ich …«, begann sie, verstummte aber im nächsten Moment hilflos, sah ihren

Mann mit einer Mischung aus Ärger und Ratlosigkeit an und schien mit der Situation heillos überfordert.

Crispin fühlte sich zwar ebenfalls sichtlich unwohl, sprang aber für sie in die Bresche. »Also gut, dann halt ich. Weißt, Ben, die Martha ist so ein lieber Mensch und möchte niemanden vernadern. Aber sie hat etwas gesehen an diesem vermaledeiten Abend oder, besser gesagt, *jemanden*. Das zu verschweigen, wäre nicht in Ordnung.«

Bei den Worten ihres Mannes war die Wirtin noch mehr in sich zusammengeschrumpft und schloss gequält die Augen.

»Nicht lange vor dem Brand«, fuhr Crispin fort, »war die Martha am Bach, um eine zu rauchen und dabei ihre Füße abzukühlen. Sie macht das jeden Abend. Haxen ins Wasser, Tschick in den Mund. Verrat's bitte nicht, wo doch offenes Feuer verboten ist. Jedenfalls ist ihr jemand aufgefallen, der ganz in der Nähe von Regus' Hütte kauerte und sie beobachtete. Dieser jemand muss gesehen haben, was passiert ist. Oder vielleicht sogar etwas damit zu tun haben.«

»Wer war es? Und was bringt dich dazu, das zu vermuten?«, drängte Ben. Bekam er soeben den entscheidenden Hinweis?

»Weißt, diese Person ist eine liebe Bekannte von uns und stand in einem gewissen Verhältnis zu Regus, was kaum einer wusste. Wir aber schon, und deshalb ... nun ja ... also ...«

»Crispin, das ist ja nicht auszuhalten«, setzte Ben dem Gestotter ein Ende. »Red doch endlich Klartext! Wen hat Martha gesehen?«

»Laura Danklmayr«, platzte die Wirtin heraus. »Ich hab die Laura Danklmayr gesehen. Die Bäckerin. Und außerdem vor Jahren auch die Geliebte vom Regus. Er hat sie erbärmlich behandelt. Sie hat ihn gehasst, weil … ach, verflixt, ich kann das nicht mehr …« Aufgewühlt sprang sie auf und stürmte nach draußen.

Verdattert sahen die beiden Männer ihr nach.

Ben fand als Erster die Sprache wieder. »Laura? Die Bäckerin mit den Dreadlocks, bei der Marie und Filo immer einkaufen gehen? Deren Laden gleich neben Maries Ordination liegt?«

»Genau die«, bestätigte Crispin betrübt.

»Das will ich jetzt ganz genau und von Anfang an wissen.« Resolut schob Ben seinen Teller zur Seite und stützte erwartungsvoll die Unterarme auf die Tischplatte.

»Weißt, ich mag keinen Tratsch, und das hier fällt mir grad extrem schwer. Deshalb sag ich's dir nur allgemein. Den Rest musst selbst herausfinden. Also: Die Laura und der Regus hatten mal was miteinander, ist schon lange her, da war sie kaum volljährig. Ich weiß es nur, weil sie es mir erzählt hat, aber nicht offiziell. Keine schöne G'schicht jedenfalls.«

Crispin hielt inne und langte hinter sich, wo auf einer Anrichte eine Flasche Schnaps stand. Großzügig schenkte er sich ein und zog fragend die Augenbrauen hoch. Ben war versucht abzulehnen, entschied sich dann aber anders. Dass es nicht einmal acht Uhr durch war, schob er zur Seite.

»Der Martha geht's wirklich schlecht, weil sie sich sofort dachte, dass die Laura etwas im Schilde führt, wenn sie im Dunkeln und versteckt im Unterholz die Hütte beobachtet. Sie wollte es gar nicht zu genau wissen, hat sich schnell verzupft und es mir erst heute Früh gestanden.«

Ben rief sich die Erscheinung der jungen Frau vor Augen. Klein, zart, sportlich, mit wild aufgetürmten Dreadlocks, großflächigen Tattoos und jeder Menge Metall in Ohren, Augenbrauen, Nase und Lippen. Obwohl diese Art von Körperschmuck so gar nicht sein Fall war, fand er die junge Bäckerin apart und attraktiv, zudem besaß sie ein offenes Lächeln, das sie sympathisch machte. Wenn er in der Nähe war, schaute Peter Neumüller jedes Mal in der kleinen Stube an der Esplanade vorbei, denn als echter Feinspitz wusste er, wo es besonders gut schmeckte. Und genau diese sympathische junge Frau war soeben zur Tatverdächtigen avanciert, die sich in der Mordnacht nahe der Hütte versteckt hatte. Was hatte sie dort bloß gewollt?

Hatte Laura Charly außer Gefecht gesetzt, danach Regus ermordet und die Hütte abgefackelt? Bei der zierlichen Gestalt der Frau kaum vorstellbar, doch im Laufe der Jahre als Polizist hatte Ben gelernt, den Menschen viel mehr zuzutrauen, als er auf den ersten Blick vermutete, umso mehr, wenn starke Emotionen wie Hass, Neid, Gier oder Eifersucht ins Spiel kamen. Welche Motivation hätte die Bäckerin haben können?

Er verlor keine Zeit und machte sich auf den Weg, nicht ohne Crispin dankbar die Schulter zu drücken. Martha sah er nicht mehr.

DIE BÄCKEREI

Budamoasn.
Butterbrot.

Die kleine Bäckerei hatte selbstverständlich auch am Feiertag geöffnet. Während der Kaisertage sein Geschäft zu schließen, wäre verrückt gewesen. Zum allerersten Mal betrat Ben den Laden nur widerwillig. Da, wo es sonst verführerisch duftete, roch er nun an allen Ecken und Enden Probleme. Nicht nur, dass er die junge Frau wirklich mochte, sie war auch noch eine von Maries Freundinnen. Und sie war es gewesen, die damals Marie ihre Sprechstundenhilfe Filomena vermittelt hatte.

Dass Laura ihn mit einem fröhlichen Lächeln begrüßte, machte die Sache nicht einfacher. Als sie Bens ernsten Gesichtsausdruck bemerkte, verschwand es und machte Besorgnis Platz. Zum Glück waren sie im Moment allein in dem kleinen, gemütlichen Verkaufsraum mit den rosa Tapeten, die die Wände hinter den bunten Stühlen und Tischen schmückten. Das farbenfrohe Ambiente kontrastierte mit der plötzlichen Ernsthaftigkeit der Situation.

Sie maßen sich mit Blicken, bis Laura Danklmayr schuldbewusst zur Seite sah. »Sag schon. Wer hat mich gesehen?«

Ben verzichtete auf Ausreden, würde die junge Frau doch in Kürze sowieso alles haarklein erfahren. Was auch Martha Bach bewusst gewesen sein musste.

»Bitte richte ihr aus, dass sie kein schlechtes Gewissen zu haben braucht.« Lauras Mitgefühl wollte nicht so recht zu der Schwere des Verdachts gegen sie passen.

»Wirst du mit mir reden?«

Statt einer Antwort ging sie zum Eingang und drehte das dort befestigte Schild mit der Aufschrift *Hereinspaziert* auf *Bin gleich wieder da* um. Immer noch stumm holte sie zwei Gläser mit Wasser, setzte sich an den einzigen von der Tür nicht einsehbaren Tisch und schaute Ben ängstlich an.

Er nahm Platz. »Warum warst du auf der Alm und hast bisher kein Sterbenswörtchen darüber verloren?«

Ihre Unterlippe verschwand zwischen den Zähnen, kein leichtes Unterfangen, denn darin steckten mehrere kleine Metallringe. Erst gestern hatte Ben einer anderen hübschen Frau gegenübergesessen und mit ihr über unangenehme Wahrheiten im Zusammenhang mit Regus Dorningers Tod gesprochen. Hatte der Unternehmer auch diese Frau verletzt? So sehr, dass sie einen Mord begangen hatte?

Während sie mit beiden Händen ihr Wasserglas umklammerte, nahm Laura Danklmayr Ben mit in ihr einstiges Leben. »Regus und ich waren ein halbes Jahr zusammen. Ich war 18 und stand kurz vor der Matura. Aus heutiger Sicht scheint es mir lächerlich, aber damals beeindruckte er mich mit seinem Geld und seinem Gehabe. Anfänglich war er höflich und zuvorkommend, ließ seinen Charme spielen, bot mir etwas. Meine Mama ließ sich keine Sekunde lang täuschen, aber ich war volljährig und der Meinung, dass sie mir gar nichts zu sagen hatte. Kurz war es schön. Doch dann legte er den Schalter um und kehrte sein wahres Ich heraus.«

Wie sich die Geschichten glichen. Ein anfänglich charmanter Regus, der sein eigentliches Wesen erst preisgab, sobald er die jungen, attraktiven Frauen fix in den Klauen hatte. Jemand, der sich selbst für das Maß der Dinge hielt, es als selbstverständlich erachtete, von den Frauen vorbehaltlos bewundert zu werden, und sich nicht darum kümmerte, wie sie sich fühlten. Ein Narzisst vor dem Herrn.

Lauras Blick verlor sich. »Er tickte aus, wenn man Dinge nicht genau so machte, wie er es wollte. Wenn wir essen waren, verlangte er immer nach dem Chef persönlich, wurde ansonsten eklig. Einem hetzte er sogar mal die Lebensmittelaufsicht auf den Hals. Er forderte, dass ich funktionierte. Tat ich es nicht, wurde ich ignoriert, später herabgewürdigt. Am liebsten vor anderen. Einmal standen wir auf einem Empfang mit einem Bankdirektor zusammen. Als ich etwas sagen wollte, schnitt er mir das Wort ab. »Du musst Laura nicht weiter ernst nehmen, sie hat keine eigene Meinung, aber im Bett ist sie geil.«

Ben schauderte, nur um gleich darauf festzustellen, dass es noch viel tiefer ging.

»Kaum hatte sich der Mann umgedreht, zog Regus über ihn her, meinte, der sei ein unfähiger Trottel und total neidisch auf ihn und seine Erfolge. Dabei hatte der Banker ihm gerade einen Deal vor der Nase weggeschnappt. Über Wochen schwärzte er ihn überall an, streute Gerüchte über Korruption und Ehebruch, drohte der Bank, ihr seine Konten zu entziehen, gab keine Ruhe, bis der arme Kerl seinen Job wechseln musste.«

War das ein Mordmotiv? Wer war dieser Banker? Gab es mehr solcher Fälle? Dass Regus Menschen, die ihm in die Quere kamen, mit seinem Hass verfolgte, war kein Geheimnis. Ben machte sich eine geistige Notiz, dessen Vergangenheit dahingehend genau zu durchforsten.

»Regus hielt sich für mächtig und brillant«, fuhr Laura leise fort. »Wehe, man bewunderte ihn nicht ausreichend, wenn er wieder einmal mit seinen Erfolgen prahlte. Immer war er der Tolle, dem alles gelang, der Menschen in seinen Bann zog und geniale Abschlüsse tätigte. Ich konnte den ganzen Schmarrn einfach nicht mehr hören, dieselben Geschichten, immer aufgebauschter erzählt. Und dann …«

Just in diesem Moment wurde draußen gegen die Tür geklopft. »Laura? Bist du da?«, ertönte eine Ben nur zu bekannte Stimme. Ausgerechnet! Maries Timing hätte nicht schlechter sein können.

Laura Danklmayr sah ihn fragend an. Ein kurzes Nicken, schon stürmte die Bäckerin erleichtert zum Eingang.

»Ist Ben hier? Ich hab sein Dienstfahrzeug gesehen«, stieß seine Ex atemlos hervor.

Und keine Sekunde verloren, ergänzte Ben. Dass sie sofort alles stehen und liegen ließ, um in die Vernehmung zu platzen, konnte nur eins bedeuten: Sie hatte schon längst mit Martha gesprochen und es ihm vorenthalten. Oder tat er ihr unrecht?

»Was willst du von Laura?«, fuhr sie ihn an.

Die legte ihr sanft die Hand auf die Schulter. »Schon gut. Wir reden nur.«

»Laura hat nichts mit der Sache zu tun!« Erschrocken schlug Marie sich die Hand vor den Mund, im Wissen, sich verraten zu haben.

Ben versuchte, die Situation zu entspannen. »Wie wäre es, wenn ihr beide euch einfach mal hinsetzt und wir alle einen Gang zurückschalten?«

Zögerlich kamen die beiden der Aufforderung nach.

»Was hat den Ausschlag gegeben, dich von Regus zu trennen, Laura?«, nahm Ben den Faden wieder auf.

Sie tastete nach Maries Hand. »Nach einer Veranstaltung, bei der Regus nicht genug hofiert worden war, forderte er ... sehr groben Sex. Sechs Wochen später bemerkte ich, dass meine Regel ausblieb. Schlimmer hätte es nicht kommen können, denn ich war dabei, ihn zu verlassen. Der anfängliche Reiz war verflogen, seine Art ödete mich an. Ich war 18, hatte wegen unserer Beziehung die Matura verpennt und bekam ein Kind von einem Menschen, vor dem ich mich ekelte. Dennoch entschied ich mich, das Baby auf die Welt zu bringen, und informierte Regus.«

Stakkatosätze. Als ob sie ihre Last nun nicht schnell genug loswerden könnte. Allen war bekannt, dass weder sie noch Regus Dorninger Kinder hatten. Was war geschehen? Hatte er sie zu einer Abtreibung gezwungen?

»Ich rechnete mit dem Schlimmsten, der ganzen Palette an Bösartigkeiten, die ich von ihm schon erlebt hatte, nur mit einem nicht: dass Regus sich freuen könnte. ›Ein kleiner Mini-me? Ein Sohn! Mein Erbe! Der Bub wird großartig mit meinen Genen. Er wird die besten Schulen besuchen und einmal in meine Fußstapfen treten …‹ Er kriegte sich überhaupt nicht mehr ein, degradierte mich zur Gebärmaschine, zum Werkzeug, das seinen gottgleichen Nachwuchs austrug. ›Was, wenn es ein Mädchen wird?‹, erlaubte ich mir zu fragen. Er lachte mich aus. Ich fühlte mich furchtbar, weil mir klar wurde, dass mich ein Baby für immer an Regus ketten und, sollte es tatsächlich ein Bub werden, er ihn zu jenem Tyrannen erziehen würde, der er selbst war. Früher oder später würde der Kleine mir das Leben genauso zur Hölle machen wie sein Vater. Schlimmer: Wäre es ein Mädchen, stünde ihm dieselbe Wüste aus Wertlosigkeit, Ignoranz und Demütigung bevor wie allen Frauen in Regus' Umgebung. Ich brauchte Zeit. Und Abstand. Verschwand klammheimlich, ohne Regus Bescheid zu geben, aus der Wohnung, zog mich dorthin zurück, wo ich mich schon immer sicher gefühlt hatte. Zu einer der besten Freundinnen meiner Mutter.«

Ein weiterer Schatten schob sich heran. Ben erkannte die unverkennbare Silhouette von Filo Hemetsberger, Maries einzigartiger Sprechstundenhilfe.

»Filo, ich habe dich schon vermisst«, tönte er, »jetzt ist die Runde komplett. Wo warst du denn so lange?«

»Patienten versorgen, was dagegen?« Filo, wie sie leibte und lebte. Wie lange sie wohl schon an der Buddel stand und lauschte?

»Hast du Angst, ich könnte hier jemandem den Kopf abreißen?«, fragte Ben.

»So schlimm bist du nicht«, konterte sie und setzte sich dazu.

»Sei dir da mal nicht so sicher.«

»Wie wär's, wenn du einfach weiterfragst, Lord Voldemort? Ich kenne Lauras Geschichte schon.« Sie lächelte der jungen Bäckerin verschwörerisch zu.

Drei gegen einen. Egal. Hauptsache, er erfuhr, was er wissen wollte. »Laura flüchtete zu *dir*, Filo, nicht wahr?«

»Ja. Regus wusste nicht, dass Lauras Mama Lotti und ich uns schon ewig kannten. Bei mir würde er sie nie im Leben vermuten, dachten wir, bei ihr stand er am selben Abend auf der Matte. Drohte. Fluchte. Erreichte damit natürlich genau das Gegenteil. Lotti warf ihn kurzerhand raus. Das Spiel ging eine Woche lang so. Er kam immer wieder zurück wie ein Bumerang. Schickte sogar einen seiner Polizistenfreunde. Und dann passierte es.«

Wie um sich vor dem nun Kommenden zu schützen, schlang Laura die Arme um sich, schloss gequält die Augen.

»Soll ich es erzählen, Kleines?«

Stummes Nicken.

»Niemand weiß, was genau geschah, denn es gab keine Zeugen. Jedenfalls fand der Postbote Lotti am nächsten Tag mit gebrochenem Genick im Flur liegend, die Tür angelehnt. Sie sei gestürzt, hieß es, aber Lotti war topfit, und worüber hätte sie bitte stolpern sollen?«

»Was bringt euch darauf, dass Regus etwas damit zu tun hatte?«

Aus Filos Blick sprach die pure Missbilligung. »Rund um Lottis Todeszeitpunkt haben ihre Nachbarn sein auffälliges Porsche-Cabrio in der Nähe parken gesehen. Regus setzte natürlich alle Hebel in Bewegung, um die Sache unter den Tisch zu kehren. Aber uns konnte er nie etwas vormachen. Wir wissen genau, dass er Lotti auf dem Gewissen hat. Vielleicht war es tatsächlich eine tragische Verkettung, Mitschuld an ihrem Tod trägt er auf jeden Fall. Und daran, dass …«

»… ich durch den Schock mein Baby verlor. Ein Mädchen übrigens. Eh besser so«, sprach Laura Filos Bericht zu Ende. Sie klang traurig und wenig überzeugend. »Zumindest ließ Regus mich danach in Ruhe. Wenn wir uns über den Weg liefen, grüßten wir uns nicht einmal mehr.«

Dass es dem Unternehmer tatsächlich gelungen war, nicht mit Lotti Danklmayrs Tod in Verbindung gebracht zu werden, war ein Faktum, denn Ben hatte nie zuvor von dem Fall gehört, obwohl er Bad Ischler war und immer noch beste Verbindungen pflegte.

Trotz aller Tragik konnte er der jungen Bäckerin seine nächsten Fragen nicht ersparen. »Warum hast du dann in der Mordnacht die Hütte beobachtet?«

»So war das nicht, Ben. Ich wollte die Nacht dort verbringen, in die Sterne schauen. Plötzlich hörte ich einen Schrei, deshalb schlich ich hin. Aber es war dunkel und ich konnte nichts erkennen. Ein paar Minuten lang kauerte ich im Unterholz. Näher ran traute ich mich nicht, denn ich wollte auf keinen Fall Regus in die Arme laufen. Als alles ruhig blieb, stapfte ich zurück zu meinem Schlafplatz. Wenig später bemerkte ich, dass ein Gewitter aufzog, packte mein Zeug und machte mich auf den Heimweg.«

»Wie spät war es da?«

Laura zuckte mit den Schultern. »Keine Ahnung, ich habe nicht auf die Uhr geschaut.«

»Und du hast tatsächlich niemanden bei der Hütte bemerkt?«

Sie schüttelte den Kopf.

Sprach Laura die Wahrheit? Oder hatte sie Grund zu lügen? Er wollte ihr glauben, aber durfte er das auch? Hatte vielleicht auch Martha, die Hüttenwirtin, etwas gehört und es nicht erwähnt? Wenn ja, warum nicht? Fragen über Fragen, jede ermüdender als die andere.

Frustriert beendete er die Befragung. Verschwand im Wissen, dass die drei jetzt über Dinge sprachen, die nicht für seine Ohren bestimmt waren, die er aber diebisch gerne gehört hätte.

SISI UND FRANZ

In da triabm Brüa fisch'n.
Im Dunklen herumstochern.

Wie wohltuend, mit einem geraden Michl wie Peter Neumüller zusammenzuarbeiten, dessen größtes Geheimnis die aktuelle Kiloangabe auf der Waage zu sein schien – wegen einer Diät, die er sich gestern verordnet hatte.

In den nächsten 20 Minuten brachte er seinen soeben aus Linz angereisten Partner auf den aktuellen Stand.

»Du warst fleißig, mein Freund«, bemerkte der zufrieden. »Ich aber auch. Mittlerweile ist alles bestätigt, was wir vermutet haben. Regus Dorninger war schon tot, als der Brand ausbrach. Übrigens tatsächlich in unmittelbarer Nähe zu seiner Leiche, am Ofen, und Ethanol war der Brandbeschleuniger. Die Staatsanwältin bittet darum, sie in Sachen Ermittlungen auf dem Laufenden zu halten.«

Ben berichtete von der Reihe an Menschen, die einen Hass auf Regus Dorninger gehabt hatten. »Es macht Sinn, sämtliche Gerichtsverfahren, an denen er beteiligt war, genauer unter die Lupe zu nehmen.«

»Setzen wir neben Tobias zusätzlich auch noch Helene darauf an«, schlug Peter Neumüller vor. Ihre einzige weibliche Kollegin im Team bewies regelmäßig viel Spürsinn und brachte interessante Fakten ans Tageslicht.

Ein Telefonat später war das erledigt. »Glaubst du der Danklmayr? Und der Dorninger?«

Genau diese Fragen stellte Ben sich schon seit Stunden. Bisher ohne brauchbares Ergebnis. Er zuckte die Achseln.

»Und was machen wir jetzt?«, erkundigte Peter Neumüller sich ein wenig ratlos.

»Ehrlich gesagt, weiß ich es gerade nicht«, gab Ben zu. Vielleicht gehen wir einfach mal in die Stadt und hören uns um. Heute ist der 15. August in den Kaisertagen. Du wirst es lieben.«

Mit lautem Schnaufen fuhr der Nostalgiedampfzug samt Reisewagen ein.

»Damals wie heute war die Ankunft des Kaiserpaares am 15. August etwas ganz Besonderes«, gab Ben sein Wissen zum Besten. Gemeinsam mit Hunderten Schaulustigen stand er neben Peter Neumüller an der Absperrung am Bahnsteig und amüsierte sich köstlich über den verwirrten Gesichtsausdruck seines Kollegen angesichts des schön geschmückten Pferdegespanns direkt vor seiner Nase. Wie Ben seit dem Zwischenfall mit den Kühen wusste, mochte er keine Vierbeiner, die Kniehöhe überschritten.

»Ich melde Ihre kaiserlichen Hoheiten, den Kaiser und die Kaiserin!«, rief in diesem Moment ein Mann in einer bis auf den letzten Orden gepflegten historischen Uniform. Danach erschien Franz Joseph am Ausstieg, angetan mit schwarzen Hosen samt roten Streifen, blauer Joppe und grünem Federhut. Sogar der Backenbart stimmte, von der rot-weiß-roten Schärpe erst gar nicht zu sprechen.

»Hoffentlich muss er von dem Vogelnest am Kopf nicht niesen«, murmelte Peter Neumüller fasziniert. Dahinter erschien nun Sisi in einem lila Reisekleid samt Reifrock. »In dem Trumm von Wien nach Ischl? Habe d'Ehre«, konnte Peter Neumüller sich erneut nicht zurückhalten, während er das Kaiserdouble dabei beobachtete, wie es formvollendet die Hand der Bürgermeisterin im Dirndl küsste.

»Früher war das anders«, ließ Ben nun vernehmen, »da gab's kaum Presse, und das Volk konnte auch nicht so nah an den Herrscher heran. Das Spektakel heute ist für die Touristen.«

»Wie hätte sich hier alles entwickelt, wenn der Kaiser damals nicht nach Ischl gekommen wäre?«, fragte Peter Neumüller angesichts des Pomps, mit dem die Honoratioren der Stadt die Gäste festlich und unter viel Gelächter hochleben ließen.

»Hast einen Philosophen g'fressen?«, wunderte Ben sich, musste seinem Partner aber insgeheim recht geben.

Hinter dem Kaiserpaar, das inzwischen eine Formation abschritt, strömten die anderen Fahrgäste aus dem Sonderzug und wurden ebenfalls standesgemäß von den Traditionsvereinen willkommen geheißen.

Indessen nahmen die Abordnung der Stadt, sämtliche Ehrengäste, Trachtenvereine, Prangerschützen und Traditionsregimente zum Festzug Aufstellung.

»Die werden jetzt gleich durch die Straßen bis hinüber zum Kurpark promenieren und dort dann gebührend das Kaiserfest begehen. Komm, wir nehmen die Abkürzung über die Trinkhalle und die Fußgängerzone.«

»Vorbei am Zauner?«, frohlockte Bens Kollege. »Jawoll. Schon der Kaiser soll ja jeden Tag in der Früh einen frisch gebackenen Guglhupf verdrückt haben.« Wenn es ums Essen ging, war offenbar sogar ein monarchischer Banause wie Peter Neumüller gut informiert.

»Darf ich dich an deine Diät erinnern?«, konterte Ben trocken.

»Nein«, machte sein Partner dieser ein für alle Mal ein Ende.

»Der Ausflug ist zwar historisch wertvoll und auch ganz nett zum Anschauen, aber weitergebracht hat uns das alles jetzt nicht, oder?«, fasste Peter Neumüller nach einem Stück Topfentorte für Ben und einem gerührten Eiskaffee für sich selbst die Lage zusammen.

»Ich bin mir nicht sicher. Mir lässt Charly Dorninger keine Ruhe. Bislang kennen wir nur ihre Seite der Geschichte, und die Aussage von Manni Brugger. Mich würde interessieren, wie Außenstehende beurteilen, was da gelaufen ist. Aber das werden wir heute nicht mehr hinkriegen. Weißt was, wir fahren jetzt zu mir nach Goisern, ich koche was, und wir überlegen gemeinsam, wo wir stehen, welche Optionen wir haben und wie wir weiter vorgehen sollen. Außerdem bin ich überzeugt davon, dass Tobias und Helene bald fündig werden. Nehmen wir beide Autos. Dann kannst anschließend heimfahren und den nicht vorhandenen Feiertag zumindest bei deiner Familie ausklingen lassen.«

Manchmal waren Ermittlungen so. Ereignisse überschlugen sich, oder man musste einfach nur abwarten, überlegen und mögliche weitere Schritte festlegen. Und es sich währenddessen gutgehen lassen.

Ein Blick in seine Vorräte ergab ein zufriedenstellendes Urteil: alles vorhanden für *Reisatstöckl.* Also bereitete er – in seiner winzigen Küche stehend – einen Mürbteig aus Mehl, Butter, Ei, Salz, Milch und ein wenig Wasser zu. Während der eine halbe Stunde rastete, servierte er seinem Kollegen im Schatten eines quietschbunten Sonnenschirms auf der Holzbank ein kleines Bier. Schon längst hatten beide, inkonsequent, aber gemütlich, beschlossen, die Ermittlungen für heute ruhen zu lassen.

Nachdem die Gläser geleert waren, walkte Ben den Teig nicht allzu dünn aus und belegte ihn mit Speckwürfeln, rollte ihn ein, schnitt ihn in etwa fünf Zentimeter lange Stücke und schichtete diese in ein befettetes Reindl, übergoss alles mit einer Mischung aus Milch und Eiern und stellte es zum Überbacken ins Rohr. Eine weitere halbe Stunde und ein zweites Seitel Bier später kredenzte er die dampfende Pracht seinem sichtlich begeisterten Kollegen mit einer gespielten Verbeugung. »G'schamster Diener. Möge es munden, Majestät.«

»Ihre Hoheit dankt. Wenn ich auf Männer stehen würde, wärst du ein ernstzunehmender Kandidat«, schwärmte Peter Neumüller glückselig mampfend.

»Du bist zwar ungemein heiß, Alter, aber leider glücklich verheiratet, da will ich keine Kalamitäten riskieren«, wehrte Ben ab und langte erneut in das schon ziemlich leergefutterte Reindl.

Nachdem sein pappsatter Kollege sich verabschiedet hatte, blieb Ben noch lange auf der Bank sitzen und sinnierte vor sich hin. Sollte er tun, was ihm schon seit einer ganzen Weile im Kopf herumgeisterte?

Inzwischen hatten sich wieder Wolken vor die Sonne geschoben. Seine Wetter-App kündigte erneute Gewitter an. Hoffentlich würden sie nicht ähnlich desaströs ausfallen wie die letzten. Manche mochten es anders sehen, aber Ben hatte den Eindruck, dass sie in den letzten Jahren immer heftiger geworden waren, schneller aufzogen und zuvor nicht erlebte Sturmböen und Starkregen mit sich brachten. Und leider auch immer öfter Hochwasser und Verwüstungen.

Schließlich fasste er einen Entschluss, schnappte sich seinen Autoschlüssel und machte sich auf den Weg, mit einem merkwürdigen Gefühl im Bauch, aber in der Überzeugung, das Richtige zu tun. Dennoch meldete sich eine gewisse Verunsicherung, als er aus dem Auto stieg und an der Fassade des Gebäudes nach oben blickte. Was ihn antrieb, war Neugier. Und noch etwas, auf das er hoffentlich bald den Finger legen konnte. Inzwischen war es halb neun Uhr abends, es herrschte bereits Nachtruhe. Das Personal schien anderweitig beschäftigt.

Leise klopfte er, steckte den Kopf durch die Tür und entschuldigte sich für die erneute Störung zu später Stunde.

Sie winkte ab. »Schon gut, ich war wach. Darf ich fragen, weshalb Sie diesmal hier sind?«

Er suchte nach einem Anfang, bevor er schließlich mit der Tür ins Haus fiel. »Ich glaube Ihnen Ihre Erinnerungslücken nicht, Charly, und ich denke, dass Sie uns bisher etwas vorgespielt haben.« Er fischte im Trüben und hatte sie mit seinem Satz absichtlich provoziert, in der Hoffnung auf ein verräterisches Zeichen.

Ihr Antlitz blieb ausdruckslos, als sie kryptisch antwortete. »Regus ist gerade ein paar Tage tot. Und was bleibt? Niemand trauert oder vermisst ihn. Im Gegenteil. Die Geier kreisen. Und obwohl er wusste, was er anrichtete, hat er gnadenlos durchgezogen, wonach ihm war.«

»Vermissen *Sie* ihn?«

»Nein.«

Klare Worte. »Was ist geschehen? Haben Sie ihn nicht geliebt?«

»Er hat mich fasziniert … aber Liebe?«

»Fasziniert? Inwiefern?«

Sie würde auch seine nächsten und immer intimer werdenden Fragen ohne Zögern beantworten und damit etwas in ihm auslösen. Er musste sich entscheiden. Noch war genügend Zeit, aufzustehen und zu gehen. Charly Dorninger beendete sein Ringen mit einem wehen Lächeln, das ungebremst in seiner Seele landete.

»Im Grunde ging es zwischen uns immer um etwas anderes als Liebe. In meinem Fall um Geld. Ich denke, es macht nicht direkt glücklich, aber es schenkt dir die Freiheit, zu Situationen oder Menschen Ja oder Nein sagen zu können. Nach dem Tod von Martin, meinem ersten Mann, und den für mich so katastrophalen Folgen wollte ich nichts lieber als diese Freiheit, mehr als eine Familie, Glück ... oder Liebe. Ich traf Regus, der es gewohnt war, sich zu nehmen, was er wollte. Mit allen Mitteln. Er wollte mich, und ich ließ mich kaufen. Strahlende Augen hat man bei uns beiden nie gesehen, nicht einmal am Anfang. Stattdessen rechnete ich mir mittels eines Online-Geldtests aus, wie viel ich für meine lebenslange finanzielle Unabhängigkeit benötige.«

Mit brutaler Offenheit schlug sie Ben ihr Leben um die Ohren. Verdiente das seine Bewunderung oder Abscheu?

»Nach dem Heiratsantrag bestand er allerdings auf einem Ehevertrag, demzufolge ich im Fall einer Trennung nichts bekommen würde. Was er mir garantierte, war ein sorgenfreies Leben, solange ich spurte. Dennoch sagte ich Ja, aus Berechnung, und begann sofort damit, kleinere Beträge auf die Seite zu schaffen.«

Im Zimmer war es unterdessen vollkommen dunkel geworden, draußen zuckten erste Blitze. Das Gewitter verdichtete die ohnehin schon seltsame Atmosphäre.

»Für mich zählten Blüten, nicht Wurzeln. Regus sah gut aus, war wohlhabend, ein guter Liebhaber, aber unsere Seelen missbrauchten sich gegenseitig. Kennen Sie den Gegenpart zu Liebe, Ben?«

Verwirrt über die Frage, schüttelte er den Kopf.

»Es ist Angst, nicht Hass. Regus spürte, dass ich ihn nicht liebte und er keine Kontrolle über mich besaß. Das schürte seine größte Panik: die vor der eigenen Bedeutungslosigkeit. Also griff er zu den Werkzeugen, die er beherrschte: Lügen. Kritik. Betrug. Verletzung. Nicht nur mir, sondern allem und jedem gegenüber. Er bekämpfte seinen inneren Abgrund mit der Jagd nach bedingungsloser Bewunderung. Jedes Mittel war ihm recht. Auch mich degradierte er zu einem Objekt. Weil er sich so leer fühlte, sollte ich ihn erfüllen. Er hatte ein völlig unrealistisches Idealbild einer Beziehung.«

Ein weiterer Blitz erhellte den Raum, dicht gefolgt von krachendem Donner. Der Himmel öffnete seine Schleusen, es begann zu schütten. Angepeitscht von heftigen Sturmböen prasselten riesige Tropfen gegen die Scheiben. Die Natur tobte.

»Als wir uns trafen, war ich nicht bereit für eine neue Beziehung, empfand noch viel zu viel Trauer über das tragische Ende meiner Ehe mit Martin. Regus kannte solch tiefe Gefühle nicht. Er war ein Frischverliebt-Junkie, der sich trennte, sobald der erste Rausch vorbei war, und schon die Nächste am Start hatte. Er konsumierte Frauen. Dann kam ich, die von Anfang an mit offenen Karten spielte, und ihm klipp und klar sagte, dass ich ihn zwar mochte, aber nicht liebte und er sich mit seiner üblichen Show brausen gehen sollte. Statt mich zum Teufel zu jagen, fühlte er sich herausgefordert. Was Regus am meisten anturnte, war mein Leid, mein nicht enden wollender Schmerz. Er fragte mich allen Ernstes, ob man ihn lernen könne. Wie zum Beispiel Autofahren, das man auch nicht beherrscht, indem man zusieht. Man muss es schon üben. Er bat mich quasi darum, ihm wehzutun, weil er wissen wollte, wie es sich anfühlte. Eine Farce. Aber ich spielte mit.«

Ben musste sich beherrschen, über das Gehörte nicht den Kopf zu schütteln. Und schon wieder dieser Martin! War Charly immer noch nicht über ihren toten Ex hinweg? Nach acht Jahren und einer weiteren Ehe, wenn auch einer ziemlich verkorksten?

»Verstehe ich richtig, dass Sie Martin, im Gegensatz zu Regus, sehr liebten?«

Sie biss sich auf die Unterlippe. Körpersprachlich ein Zeichen dafür, dass sie tatsächlich immer noch daran zu knabbern hatte und keine Worte für die Situation fand. Ihre Antwort ließ in der Tat auf sich warten und fiel spärlich aus: ein winziges Nicken.

Er spürte, dass sie im Augenblick nicht darüber sprechen wollte, und beließ es dabei. Vorerst. Natürlich hätten die Details ihn brennend interessiert, ehrlicherweise eher aus Neugierde, denn er bezweifelte, dass sie etwas mit Regus Dorningers Tod zu tun hatten.

Am Nachmittag hatte er, soweit vorhanden, nach Informationen über die damaligen Ereignisse in Libyen gegoogelt. Alles hatte sich genauso abgespielt wie von Charly geschildert. Dieser Martin Kollinig war ohne jede Chance gewesen. Eine scheußliche Geschichte, kein Wunder, dass sie tiefe Wunden hinterlassen hatte.

Was für eine abstruse Beziehung sie hingegen mit Regus Dorninger geführt hatte. Eifersucht als Mordmotiv schien damit obsolet. Die häufigsten anderen wohl auch: Rache und Hass. Übrig blieb Gier. War sie damit als Täterin vom Tisch? Darüber musste er in Ruhe nachdenken.

Seltsames Gespräch hin oder her – keinesfalls würde er vergessen, was ihn ursprünglich hierhergetrieben hatte.

»Hand aufs Herz. Erinnern Sie sich wirklich an nichts aus der Mordnacht?«

Nach einer kleinen Pause wandte sie sich ohne Antwort ab.

So billig würde er sie nicht davonkommen lassen. »Zuerst gnadenlose Ehrlichkeit und jetzt nur Schweigen, Charly? Schade, wo wir doch beide wissen, dass Sie etwas verbergen. Die Frage ist, was. Sie bekommen Zeit bis morgen Abend, um es sich anders zu überlegen. Danach …«

Die Drohung hätte er ihnen beiden gerne erspart, aber sie ließ ihm keine Wahl. Ihre merkwürdige Reaktion hatte sie erneut vom Opfer zur Verdächtigen hochgestuft.

LKA LINZ

’s geht ins Zoig.
Etwas geht an die Substanz.

Am nächsten Morgen überschlugen sich die Ereignisse.

Aufgeregt berichteten Chefinspektor Christian Franz und die Kollegen in der morgendlichen Videokonferenz von den neuesten Entwicklungen. Ben, der schlecht geschlafen und, noch sehr neben der Spur, seinen Rechner hochgefahren hatte, war mit einem Schlag hellwach.

»Wir haben den Boden um den ausgebrannten SUV auf Spuren untersucht und unter dem linken Vorderreifen einen kleinen Metallring entdeckt, der sich als blutverschmiertes Lippen-Piercing herausstellte«, fasste der Chefinspektor den Bericht des Labors zusammen. »Mittlerweile konnten wir die ausreichend vorhandene DNA keiner Geringeren als Laura Danklmayr zuordnen. »Die Gute muss sich also irgendwann vor dem Mord ganz in der Nähe der Hütte aufgehalten haben. Es sieht nach einem handgreiflichen Streit aus.«

Erst jetzt setzte Ben die leicht geschwollene Unterlippe der Bäckerin mit dem Verbrechen in Verbindung. Da ein neues Piercing darin gesteckt hatte, war sie ihm bislang nicht verdächtig vorgekommen. Wie nachlässig von ihm.

Peter Neumüller reagierte deftig. »Diese verlogene Schlange. Von wegen sie hätte bloß im Unterholz gekauert! Ich mache mich direkt nach der Sitzung auf den Weg zu dir, Ben, dann werden wir die Dame ins Kreuzverhör nehmen. So wie es aussieht, hat sie uns gehörig verarscht.« Der bullige Polizist war sichtlich verärgert.

»Aber das ist nicht alles«, mischte sich nun Tobias Kofler ein. »Ich habe Regus Dorningers Geschäfte genauer unter die Lupe genommen. Neben der schmutzigen Geschichte mit den Bruggers sticht vor allem eine andere heraus: das gescheiterte Luxus-Chaletdorf-Projekt am Attersee.«

Daran erinnerte Ben sich nur vage und bat seinen Kollegen, das Team auf den aktuellen Stand zu bringen.

»Chaletdörfer scheinen mittlerweile aus der Mode gekommen zu sein«, erklärte der IT-Profi, »dennoch wollten Dorninger und seine Finanziers das Hotel und die Häuser errichten, und zwar auf einem günstigen Grundstück, das dem Land gehört. Alles schien unter Dach und Fach, doch dann lehnte der Gemeinderat plötzlich die Umwidmung ab. Offiziell aus zwei Gründen: Es sei ein eleganter Umweg, um die mittlerweile strenge Hauptwohnsitzregelung zu umgehen, vor allem aber sei die Fläche viel zu billig. Geld ist offenbar aber noch keines geflossen, denn Regus hatte sich schlauerweise ausbedungen, erst nach der Umwidmung zu zahlen. Wurde alles lang und breit in den Medien berichtet, inklusive üppiger Häme sämtlicher Neider.«

»Warum hat der Gemeinderat es sich mit einem Mal anders überlegt?«

»Das, mein lieber Ben, wäre sehr interessant herauszufinden. Ich kann dir nur die Gerüchteküche wiedergeben: Es gab offenbar eine massive Gegnerin des Projekts.«

Warum bloß grinste Tobias bei dieser Aussage so diebisch? Doch dann fiel der Groschen. »Moment mal. Attersee? Willst du damit sagen, diese Opponentin ist eine gewisse einflussreiche Unternehmerin, die dort bei vielen Dingen ihre Finger im Spiel hat und uns nur zu gut bekannt ist?«

Das Grinsen wurde breiter. Bestätigung genug.

»Ach du Schande«, stöhnte Ben. »Auch das noch!«

WAS FÜR EIN TAG

A g'scheiter Balawatsch.
Ein gehöriges Durcheinander.

»Dass Sisi, die sich im Gegensatz zu den Filmen mit Romy Schneider mit nur einem S schrieb, ihrer Schwester Helene den potenziellen Ehemann abspenstig machte, gehört ins Reich der Märchen. Franz Joseph sollte heiraten, und dass er sich binnen Stunden für die Jüngere der Schwestern entschied, war beiden Müttern recht. Sophie liebte ihren Franzl und war froh, ihn glücklich zu sehen.«

Ohne viel Interesse ließ Ben sich von der Doku eines Streaminganbieters berieseln. Warum er vorhin ausgerechnet auf diese geklickt hatte, war ihm ein Rätsel. Genauso wie jene Frauen in seinem Leben, die ihm deutlich näherstanden als die immer noch omnipräsente Kaiserin von Österreich. Die größte Gemeinsamkeit der Damen: Alle hatten mit Mord zu tun, in Sisis Fall war sie allerdings das Opfer gewesen.

Was für denkwürdige Gespräche diesen Tag geprägt hatten. Nachdenklich nahm er einen Schluck von seinem Bier und hatte, im Gegensatz zu sonst, keine Freude an diesem wunderbar lauen Abend und der großartigen Aussicht auf den Dachstein. Ein weiterer

Schluck, dann stoppte er die missachtete Doku und versetzte sich zurück zu den Geschehnissen der letzten Stunden.

»Heraus mit der Sprache, Laura, und keine Mätzchen mehr. Warum lügst du uns an?«

Laura Danklmayr riss erschrocken die Augen auf. Noch immer war ihre Unterlippe leicht geschwollen. Wenn man davon wusste, stach die Verletzung sofort ins Auge.

»Was meinst du, Ben?«, versuchte sie ein durchsichtiges Ablenkungsmanöver. Das Schuldbewusstsein stand ihr ins Gesicht geschrieben.

»Hörst du bitte endlich damit auf, mich zu veräppeln«, sagte er grob, woraufhin die Bäckerin zusammenzuckte und sich dann bockig und mit verschränkten Armen zurücklehnte. Den Blick widerspenstig zu Boden gerichtet, machte sie deutlich, dass von ihr kein Wort mehr kommen würde.

Marie, die sich zu dem Zeitpunkt in der Backstube befand, kam Laura umgehend zu Hilfe. »Was soll das, Ben? Vergiss bitte erstens nicht deine Manieren und serviere uns zweitens Fakten statt Kraftausdrücke.« Sie war sauer. Doch Ben würde sich davon nicht ins Bockshorn jagen lassen.

»Gerne. Wir haben eines deiner Lippenpiercings gefunden, Laura. Blutverschmiert. Ich nehme an, du weißt, wo?«

Marie fuhr herum. Aha. *Das* hatte auch sie noch nicht gewusst.

Eisern schwieg die Bäckerin weiter. Erst Bens fragendes »Laura?« entlockte ihr eine Reaktion.

»Also gut, ja, ich …«

»Warte mal«, ging Marie erneut dazwischen. »Soweit ich verstehe, hat die Polizei etwas gegen dich in der Hand, das dich belasten könnte. Du sagst ab sofort nichts mehr ohne einen Anwalt.«

Ben hätte Marie erwürgen können. »Gut, dann muss ich dich jetzt verhaften und in Untersuchungshaft nehmen, Laura. Wegen des Verdachts des Mordes an Regus Dorninger.« Hatte er zu dick aufgetragen?

Die junge Frau winkte ab. »Danke, Marie, aber ich will das jetzt loswerden. Stimmt schon, ich hab die Hütte nicht nur beobachtet, sondern Regus aufgelauert. Was hätte ich denn machen sollen? Er verweigerte ja jeden Kontakt.«

»Warum wolltest du unbedingt mit ihm reden?«

Sie rieb sich das Gesicht und stöhnte herzerweichend. »Als das mit meiner Mama war, hatte ich kein Geld und keine Wahl. Also bat ich ihn, mir dabei zu helfen, beruflich auf die Beine zu kommen. Er spielte mit und lieh mir zinsfrei das Geld für die Bäckerei. Vor ein paar Wochen noch mehr. 50.000 Euro für dringend nötige Investitionen. Doch letzte Woche rief er plötzlich an und wollte das Geld zurück. Alles auf einmal. Cash. Aber ich brauche es dringend, deshalb wollte ich das Gespräch.«

»Hast du eine Idee, warum er überraschend dermaßen Druck machte?«

»Woher denn?«

Marie konnte nicht länger an sich halten. »Was denkst du, Ben?«

Kurz zögerte er, entschied sich aber dann dafür, sie an seinen Gedanken teilhaben zu lassen. »Vielleicht brauchte er nicht nachverfolgbares Bargeld. Dazu fallen mir zwei mögliche Szenarien ein. Entweder wollte er jemanden schmieren, oder er wurde erpresst. Wer könnte darin verwickelt sein?«

Ratloses Kopfschütteln.

Diese Frage würden sie im Augenblick also nicht klären können, eine andere allerdings sehr wohl. »So, Laura, raus mit der Sprache. Wie erklärst du uns das Piercing bei Regus' Auto?«

»Ach, fuck … Weil Wochenende war, dachte ich, vielleicht ist er auf der Alm, also fuhr ich in der Früh rauf. Er kam erst etwas später, verschwand sofort in der Hütte. Ich legte mich auf die Lauer. Stundenlang. Es war stinklangweilig. Nichts rührte sich. Zum Glück hatte ich ein Buch mit. Tauchte im Bach unter. Erst am späteren Vormittag trat er endlich vor die Hütte und rauchte vollkommen verschwitzt eine Zigarette. Ich packte die Gelegenheit beim Schopf, aber das hätte ich mir schenken können. Sobald er mich sah, brüllte er, dass ich auf der Stelle abhauen solle. Er wirkte vollkommen außer sich. Vor lauter Schreck erstarrte ich, da packte er mich und stieß mich gegen sein Auto. Ich rappelte mich hoch und rannte weg. Das war's.«

»War er zuvor schon einmal handgreiflich geworden?«

»Nein, nie, deshalb war ich auch so schockiert. Regus konnte perfekt verletzen, aber immer nur mit Worten. Für mich wirkte er extrem unter Stress.«

»Weshalb?«

»Kann ich dir nicht sagen. So daneben, wie er war, muss ihn aber etwas ziemlich aus der Fassung gebracht haben.«

»Wie ging's weiter?«

»Seine Frau tauchte auf, diese Charly. Sie redeten lange miteinander. Stritten. Einmal verschwand sie für eine Weile. Er auch. Ich beschloss abzuwarten, ob sich eventuell noch mal eine Möglichkeit ergeben würde, ihn abzupassen. Den Rest der Geschichte kennt ihr. Schließlich akzeptierte ich, dass ich nichts erreichen würde, packte mein Zeug und rauschte ab.«

Erschöpft holte die Bäckerin Luft.

Marie schickte Ben den nächsten bösen Blick. »Laura hat euch gesagt, was sie weiß, jetzt lasst sie in Ruhe. Ihr seht doch, dass sie fix und fertig ist. Unschuldig ist sie sowieso, hoffentlich geht das jetzt endlich in eure Köpfe. Sie war lediglich aus gutem Grund zur falschen Zeit am falschen Ort.«

Nach dem Gespräch fuhr Ben direkt nach Hause.

»Ich brauch mal eine Pause«, erklärte er Peter Neumüller und bat ihn, sich erst gegen Abend wieder zu treffen. Dann wollten sie den zweiten und ebenfalls erwartbar unangenehmen Termin in Angriff nehmen, für den sie gemeinsam an den Attersee fahren würden.

»Und du lässt mich stundenlang ganz allein?«, flachste sein Kollege.

»Ganz allein? Du hast doch deine beste Freundin mit. Die Kühltasche.«

Spontan schnappte Ben sich sein SUP und paddelte ziellos auf dem Hallstätter See herum.

Danach war sein Kopf klar genug für logische Gedankengänge.

Und für *sie*.

Es war schon eine Zeit her, seitdem er zuletzt auf diesem Parkplatz gestanden hatte. Mit einem ähnlich mulmigen Gefühl. Aufmunternd klopfte Peter Neumüller ihm auf die Schultern. »Komm, mein Freund. Quetschen wir sie aus, offene Rechnungen hin oder her.«

Im Zuge der Ermittlungen im Fall einer toten Influencerin hatte er damals gegen die attraktive Multimillionärin Ulla Peherstorfer das Nachsehen gehabt. Beide hatten genau gewusst, dass sie im Hintergrund gleichermaßen mörderische wie nicht zu beweisende Fäden zog. Ein schwärendes Ärgernis, das Ben bei Gelegenheit zu heilen gedachte.

Mit wenig Enthusiasmus läutete er an der ihm nur zu bekannten Haustür ihres noblen Anwesens in Unterach am Attersee und setzte ein falsches Grinsen auf, als sie höchstpersönlich im Eingang erschien.

Sie hatte sich kaum verändert, trug lediglich die blonden Haare etwas länger und eine andere Brille. Stylisch, schlank und, trotz ihrer Ende 50, äußerst attraktiv lächelte sie ihnen entgegen. »Welch illustre Gäste.«

Sie wurden hereingebeten und landeten auf einer – Ben in zweischneidiger Erinnerung gebliebenen – Couch. Den angebotenen Drink lehnte er dankend ab, sichtlich zum Bedauern seines Kollegen. Doch ihm lag daran, diese Begegnung so schnell wie möglich hinter sich zu bringen.

Unwirsch schob er seinen Wust an unnötigen Gefühlen beiseite. »Du weißt, warum wir hier sind, Ulla. Wir untersuchen den Tod von Regus Dorninger.«

»Tod? Wenn *ihr* hier seid, dann war es doch wohl eher Mord.« Sie wusste Bescheid, hatte also die Berichte in den Medien verfolgt.

»Wundert dich das?«

»Nun, Regus war kein Unschuldslamm. Aber grundsätzlich rechnet man auch beim größten Ungustl nicht damit, dass er ermordet wird.«

»Du hast ihm in Sachen Chalets das Leben ganz schön schwer gemacht, oder?«

»Nicht nur bei denen. Sagen wir so, wir haben uns nichts geschenkt.«

»Warum wolltest du um jeden Preis verhindern, dass er sie baut?«

»Ich hatte meine Gründe, aber die gehen euch nichts an und haben schon gar nichts mit seinem Tod zu tun.«

Da war Ben sich nicht so sicher. Schon einmal hatte er erlebt, wie geschickt sie darin war, der Strafe für ein begangenes Verbrechen zu entgehen. In dem Blick, den sie einander zuwarfen, lag all dieses Wissen.

»Glaube mir einfach, Ben. Regus war wütend auf mich, aus seiner Sicht sogar verständlich. Wenn, dann hätte also eher er Grund gehabt, *mir* nach dem Leben zu trachten. Bei dem Deal hat er viel aufs Spiel gesetzt und verloren. Vielleicht tätet ihr gut daran, seine Finanzen genauer unter die Lupe zu nehmen. Ich denke, da war viel Schein und wenig Sein. Wenn ihr der Spur des Geldes folgt, findet ihr vielleicht etwas oder jemanden.«

»Wir sind dran, keine Sorge. Sollten wir etwas wissen, was uns weiterbringt, Ulla?«

Sie nahm einen Schluck von ihrem Gin Tonic. Hinter ihrer glatten Stirn arbeitete es. »Regus mag beruflich viele Feinde gehabt haben, aber ich denke trotzdem nicht, dass ihr euren Mörder in diesem Bereich finden werdet. Er war bauernschlau, aber letztlich nicht wirklich intelligent. Für mich war es ein Kinderspiel, ihm das Geschäft zu verderben. Was er deutlich besser konnte, war, zu manipulieren und Menschen dazu zu bringen, das zu tun, was er wollte. Er war ein geschickter Blender, deshalb ist er bei den Chalets überhaupt so weit gekommen. Viele ließen sich von seinem Charme einwickeln. Nicht zuletzt deshalb wollte ich ihn damit nicht durchkommen lassen.«

»Du mochtest ihn nicht?«

»Lange Zeit war er mir einerlei, aber als er mich für dumm verkaufen wollte, hatte er ausgespielt.« Noch ein kurzes Zögern, dann gab sie sich einen Ruck. »Sein ganzes Konstrukt basierte darauf, nicht vorhandenes Geld aufzustellen. Wäre es ihm gelungen, hätte er ordentlich mitgeschnitten. Das frische Kapital brauchte er deshalb so dringend, weil alte Kredite ausliefen und die vorsichtig gewordenen Banken ihm keine neuen gewähren wollten. Aus einem einfachen Grund: Er konnte das versprochene Wachstum nicht bieten. Parallel dazu versuchte er bereits, andere Immobilien und Beteiligungen abzustoßen. Mit demselben Ziel: frisches Geld, um anderswo Löcher zu stopfen. Seine Geschäfte waren sehr verschachtelt. Damit ihr versteht: keine Kredite,

Geldnot, keine Perspektive und Intransparenz – so etwas hassen Investoren. Um aus dem Teufelskreis herauszukommen, musste Regus uns um jeden Preis einkochen. Es kostete mich fünf Sekunden, ihn zu durchschauen, und nur ein paar mehr, den Deal platzen zu lassen. Im Grunde war Regus Gift, nichts mehr wert, stand vor der Pleite. Bald wäre ihm nur der Gang zum Insolvenzgericht geblieben. Viele hätten dann durch die Finger geschaut. Ich bin mir allerdings sicher, dass er seine Schäfchen längst im Trockenen hatte. Schwarzgeld. Geheime Konten. Gold im Ausland. Das ganze Programm.«

»Wem hätte ein Konkurs am meisten geschadet?«

»Seinen Anteilseignern und Geldgebern natürlich. Die Banken sind grundbücherlich besichert, bei Gewinnen hätten zunächst sie profitiert, dann erst die anderen. Wenn überhaupt.«

Ihren Spür- und Geschäftssinn hatte Ben schon immer bewundert. Ulla Peherstorfer war so gerissen wie faszinierend. Eine gefährliche Kombi, an der er nur noch anstreifen wollte, wenn es unbedingt notwendig war.

Nun war sie in Fahrt. »Er ließ all seinen Charme spielen, um an mein Geld zu kommen, versuchte es sogar mit Blumen und Komplimenten. Wie lieb. Ich sprach mit allen, die nicht meine Klarsicht hatten. Um ihn auflaufen zu lassen, legte ich, ehrlicherweise nicht ohne ein wenig Spaß, ordentlich Ehrgeiz an den Tag. Als er seine Felle davonschwimmen sah, war es vorbei mit der Freundlichkeit. Einmal verlor er sogar komplett die Fassung und drohte mir bei einem Meeting mit dem Tod.

Seine deftige Wortwahl steht sogar im Protokoll: ›Ich könnte dich umbringen, du g'schissene Fotz'n.‹ Damit tat er sich keinen Gefallen und provozierte bei allen genau die Reaktion, die ich wollte. Er wurde unglaubwürdig, was letztlich zur Ablehnung des Projekts führte. Er war not amused.« Ihr zufriedenes Lächeln jagte Ben einen Schauer über den Rücken.

»Hast du eine Ahnung, wer ihm nach dem Leben trachtete?«

Desinteressiert zuckte sie die Schultern. »Dazu kannte ich ihn nicht gut genug. Aber, wie erwähnt, würde ich eher in seinem privaten Umfeld graben. Für mich ist er das Opfer gezielter Rache einer zutiefst verletzten Person.«

Gut möglich. Ebenso aber, dass sie von etwas ablenken und die Kripo auf eine falsche Fährte lotsen wollte. Ulla Peherstorfer vorbehaltlos zu trauen, wäre ein kapitaler Fehler. Dennoch deckten sich ihre Vermutungen mit seiner Intuition. Die brutale Art und Weise, mit der die Tat ausgeführt worden war, sprach für ein persönliches Motiv.

Schon im Aufstehen fragte er sich, was sie mit dem neu erworbenen Wissen anfangen sollten. Zumindest verstand er nun Regus Dorningers Geschäftsgebaren besser. Ulla Peherstorfer als Mörderin hatte er schon vorher ausgeschlossen. Kurz angebunden bedankte er sich und war froh, das Haus und seine Bewohnerin hinter sich lassen zu können.

»Die ist eine ernsthafte Anwärterin auf den kaltschnäuzigsten Menschen, den ich je getroffen habe. Da war kein Millimeter Mitgefühl zu finden«, sprach Peter Neumüller Bens Gedanken laut aus.

»Was hast du erwartet? Ein Geständnis? Ich bin überzeugt davon, dass sie Regus geschäftlich genau im Blick hatte und ihn gut einschätzen konnte. Wenn sie sagt, sie glaubt nicht an einen Täter im beruflichen Umfeld, dann heißt das etwas. Jedenfalls will ich einen detaillierten Überblick über seine Finanzen, bis zur letzten Kommastelle. Offiziell könnte das dauern, selbst wenn Tobias alle seine Quellen anzapft. Aber eine andere könnte sprudeln.«

»Seine Frau?«, dachte sein Kollege mit.

»Die gute Charly, genau. Vielleicht weiß sie etwas.«

»Viel Spaß beim Ausfratscheln.«

Den würde Ben haben.

»Lauter schwierige Frauen, mit denen wir es da zu tun haben«, raunzte sein Kollege am Steuer, »da lobe ich mir meine eigene. So eine ehrliche Haut.«

Lächelnd klopfte Ben ihm auf die Schulter. »Und dieser Ausbund an Tugend wickelt dich um den Finger, wie er es braucht.«

»Du unterschätzt meine erotischen Qualitäten, ich bin eine Sexmaschine.«

»Ach ja? Weiß sie das auch?«

»Bring du erst mal drei Kinder zusammen, dann darfst du mitreden. Wohin soll ich Euer Hochwohlgeboren kutschieren?«

TRAUNKIRCHEN

A Wepsenbausch.
Ein Wespennest.

Noch etwas wackelig auf den Beinen sperrte Charly Dorninger die Eingangstür auf. Es war definitiv zu früh gewesen, das Krankenhaus zu verlassen, aber sie hatte es nicht mehr ausgehalten. Also hatte sie einen Revers unterschrieben.

Dank der Putzfrau war das Haus picobello aufgeräumt und roch gut. Doch nichts würde mehr so sein wie früher. Es fühlte sich seltsam an. Sie würde lange brauchen, um mit der neuen Situation zurechtzukommen. Vielleicht ein ganzes Leben.

Aufatmend betrat sie die untere Terrasse. Wie sehr sie den Ausblick vermisst hatte. Viel mehr als das Haus, in dem sie sich nie so ganz daheim gefühlt hatte. Ein Designerstück, eher dazu angetan zu imponieren denn gemütlich. Oder gar liebevoll. Das würde sie als Erstes ändern.

Die Sonne war gerade im Begriff unterzugehen, die blaue Stunde begann, ihre liebste Tageszeit.

Seit Langem verspürte sie wieder einmal Hunger. Der Blick in den Kühlschrank enttäuschte sie nicht. Alle ihre Lieblingsprodukte waren darin: Joghurt, frisches Obst und Gemüse, Mineralwasser, Vollkorntoast, Eier.

Als Allererstes würde sie aber in den See springen. Der Abend war zwar kühl, aber sie war es gewohnt, an den meisten Tagen im Jahr schwimmen zu gehen. Auch im Winter. Das leichte Sommerkleid war schnell ausgezogen. Vorsichtig tauchte sie unter und kraulte routiniert weit in den See hinaus. Herrlich.

Nackt, wie sie war, bereitete sie sich ein leichtes Abendessen zu und versank danach genussvoll in einer heißen Badewanne. Als das Wasser abkühlte, wickelte sie sich in ein flauschiges Handtuch und trat auf die Terrasse im Obergeschoss, die, wie die ganze vordere Front, zum See hin ausgerichtet war. In besseren Zeiten hatten Regus und sie hier nach dem Sex entspannt, er mit einer Zigarette, sie mit einem Glas Champagner. Unwirsch schüttelte sie die Erinnerungen ab. Das war vorbei.

Müdigkeit griff nach ihr, der Tag forderte seinen Tribut. Das Handtuch fiel zu Boden. Immer noch unbekleidet schlüpfte sie unter die seidene Decke, die sich wunderbar kühl anfühlte. Sie liebte das hohe Boxspringbett mit der dicken Matratze und dem weichen Topper. Trotz der jüngsten Ereignisse fühlte sie sich gut und sicher. Obwohl gerade erst zehn Uhr vorbei war, glitt sie in einen wohltuenden Schlaf. Das Letzte, was sie sah, waren die leichten cremefarbenen Vorhänge, die sich sanft im Wind bauschten, der durch die offene Terrassentür hereinströmte.

Sie fuhr hoch.

Was hatte sie geweckt?

Erschrocken lauschte sie in die Dunkelheit. Dumpfes Brummen erfüllte die Luft. Ihr Herz begann zu rasen, als sie ahnte, woher es kam. Mit einem erstickten Laut tastete sie nach dem Lichtschalter. Fühlte den ersten brennenden Schmerz auf der Fingerkuppe. Danach noch einen. Mit dem Aufflammen des Lichtes hatte sie Gewissheit: Wespen. Dutzende. Sie schwirrten durch das Zimmer, saßen bereits auf der Bettdecke und dem Polster, aber auch auf ihren Haaren. Armen. Schultern. Wurden immer aggressiver, weil sie sich nicht mehr im Griff hatte und hektisch um sich schlug. Eine erwischte sie in der Handfläche, eine weitere direkt am Hals.

Schon geschah, was sie am meisten fürchtete. Ein anaphylaktischer Schock kündigte sich an. Ohne Hilfe für sie als schwere Allergikerin tödlich.

Wären es Bienen, würde die Giftblase an den Stacheln hängen und noch mehr Gift in sie pumpen. Wespen waren aber nicht minder gefährlich. Immer panischer versuchte sie sich zu erinnern. Wo zum Teufel war bloß ihr Anaphylaxie-Notfallset für die Akuttherapie? Verzweifelt schrie sie auf, als eine weitere Wespe zustach, diesmal in ihre Unterlippe, die sofort massiv anschwoll, so wie mittlerweile auch alle anderen Stiche.

Sie besaß mehrere EpiPens mit einem Adrenalin-Autoinjektor, den sie sich in den Oberschenkel rammen konnte, brauchte umgehend Kortison und ein Antihistaminikum.

Fieberhaft riss sie die Schublade des Nachtkästchens auf. Leer. Ein zweites Set befand sich im Badezimmer, doch schon wurde ihr schwindlig und sie rang um Luft, die sich immer weniger in ihre Lungenflügel pressen lassen wollte, ein typisches Symptom des Schocks. Auch ihr Herz begann zu rasen. Mit grausamer Klarheit wurde ihr bewusst, dass sie es nicht mehr aus dem Bett schaffen würde. Und was damit unausweichlich drohte. Ihr Blutdruck würde in den Keller rasseln, der Kreislauf versagen, Atmung und Sinne schwinden. Für immer.

Tränenblind und voller Schmerzen tastete sie nach ihrem Smartphone, spürte es neben sich auf der Bettdecke, drückte wild darauf herum. Bevor die Ohnmacht sie übermannte, vernahm sie eine quäkende Stimme und röchelte mit letzter Kraft: »Hilfe … ich sterbe … Bitte, Hilfe …!«

MARIE

Do beidlt's an o.
Einem konnte Angst und Bang werden.

Er war wirklich nett.

Vielleicht ein wenig zu klein, aber das machte sein charmantes Lächeln wett. Bei Männern achtete sie darauf immer zuerst. Und ob es sich in ihren Augen spiegelte. Außerdem auf die Hände. Ungepflegte Fingernägel waren ein Ausschlusskriterium, weil sie viel darüber aussagten, wie viel Wert Männer sonst auf sich und Details legten.

Er hatte sich ordentlich Mühe gegeben und das *Bootshaus* als Treffpunkt für ihr drittes Date ausgewählt, eine der besten Adressen am See.

Als dementsprechend köstlich hatte sich das Abendessen erwiesen. Zwischen ihnen hatte eine ungezwungene Stimmung geherrscht, sodass sie schnell ins Gespräch gekommen waren. Sollte sich die Investition in eine Dating-Plattform zum ersten Mal auszahlen? Alle anderen Versuche mit möglichen Kandidaten waren, wie Filo es ausdrückte, ein Griff ins Klo gewesen.

Dem einen war sie zu dominant und selbstbewusst erschienen, ein Zweiter hatte schon nach fünf Minuten bemerkt, wie perfekt sie sei, und gefragt, wo sie denn ihre Macken und Dellen verstecke. Wie romantisch. Der Dritte hatte den Vogel abgeschossen, als er alle seine bisherigen Verabredungen als »minderwertige Ware« bezeichnete, der Moment, als sie wortlos aufgestanden und gegangen war.

Doch Bernhard schien, zumindest bisher, vielversprechend. Im oberen Management eines Unternehmens drüben am Mondsee tätig, mit guten Umgangsformen und genau jenem Humor ausgestattet, den sie mochte. Ganz wichtig: Er konnte über sich selbst lachen.

Als der Notruf hereinkam, wurde gerade das Dessert serviert. Sie hatte ihm gesagt, dass sie Bereitschaft habe und jederzeit zu einem Notfall gerufen werden könne. Zwar stand der NEF, der Notfalleinsatzwagen, parat, aber bei schweren Fällen wurde immer zusätzlich ein Notarzt alarmiert. Immerhin hatte es bis zum Nachtisch gedauert.

»Du bist quasi ums Eck, deshalb wirst du schneller sein als wir«, bekam sie als Erstinformation und dass es ein Anruf über die Notfalltaste eines Smartphones gewesen sei.

In der Tat lag die Traunkirchner Adresse nur wenige Hundert Meter entfernt, weshalb sie die beeindruckende Villa in gerade einmal zwei Minuten erreichte. Bernhard hatte sie mit einem bedauernden Lächeln und der Rechnung einfach sitzen lassen. Besser, er gewöhnte sich gleich an ihren Job und den Gedanken, dass es bei ihr oft so laufen würde.

Sie stieg aus dem Auto. Die automatische Beleuchtung sprang an, doch das Tor war versperrt. Also läutete sie, um sich anzukündigen, bevor sie mit ihrem Notfallrucksack am Rücken darüberkletterte. Still und dunkel lag das Haus da. Ohne zu zögern, umrundete sie es, denn bislang hatte niemand auf ihr Klingeln und ihre Rufe reagiert. Hoffentlich gab es keinen scharfen Hund. Auch das war ihr schon passiert.

An der dem See zugewandten Front entdeckte sie in einem der Zimmer Licht. Weil die Villa in den Hang gebaut war, gelangte sie ebenerdig auf eine kleine Terrasse, auf der sie wildes Summen vernahm. Vorsichtig trat sie näher und erkannte schaudernd, worum es sich handelte. Wespen. Viele. Mit einem leisen Fluch zog sie sich die Kapuze ihrer Einsatzjacke über den Kopf und streifte Einweghandschuhe über ihre Finger. Viel nützen würden die nicht. Zum Glück trug sie lange Hosen und hatte die High Heels von vorhin gegen stabile Sneaker getauscht.

»Hallo?«, rief sie laut und lugte vorsichtig ins Innere des Zimmers. Nur nicht zu schnell bewegen, um die Viecher nicht noch aggressiver zu machen.

Auf dem großen Bett lag eine regungslose Gestalt. Auf ihr krabbelten Dutzende Wespen herum. Der Brustkorb der Frau schien sich leicht zu heben und zu senken. Gott sei Dank. Viel Zeit blieb dennoch nicht. Womit die wütenden Insekten vertreiben, damit sie zum Opfer gelangen und es behandeln konnte? Es handelte sich offenbar um eine schwere Allergikerin. Marie hatte alles dabei, was sie brauchte, und wusste, was zu tun war. Aber nicht mit einer Wespenarmee im Nacken.

Moment mal, hatte sie draußen nicht einen Gartenschlauch gesehen? Tatsächlich! Aufgerollt in einem Gestell und einsatzbereit. Direkt darüber ein Wasserhahn.

Ohne weiter darüber nachzudenken, lief sie in den Garten, drehte den Hahn voll auf, zog den Schlauch hinter sich her und richtete den starken Strahl direkt auf das Opfer. Es funktionierte. Die irritierten Tiere flogen auf oder wurden weggespült. Wie mit einer Waffe mit dem Wasser um sich schlagend, packte Marie die Bewusstlose am Arm und zerrte sie ins angrenzende Badezimmer, warf die Tür hinter sich zu und erschlug ein paar unwillkommene Reisekumpane mit einem Handtuch. Danach begann sie sofort mit der Ersten Hilfe. Als die Frau halbwegs stabilisiert war, warnte sie die Kollegen per Telefon vor der potenziellen Gefahr.

Eine gefühlte Ewigkeit später traf der NEF aus Gmunden ein. Auch die Kollegen kletterten über das Tor, doch nur einer in Schutzkleidung betrat über die Terrasse das Haus und öffnete es von innen. »Sie lebt«, keuchte Marie, »muss aber so rasch wie möglich auf die Intensiv. Ab mit uns. Ich fahre mit!«

Ganz ohne Stiche hatte sie es nicht geschafft, aber zum Glück war Marie nicht allergisch. Verschwitzt und abgekämpft saß sie in der Notaufnahme und kühlte ihre Giftbeulen mit Coolpacks. Was für ein Einsatz!

Die aufgelöste Gestalt, die soeben um die Ecke schoss, kannte sie nur zu gut. »Hallo, Ben«, murmelte sie und strich sich die immer noch nassen Haare aus der Stirn.

»Wie geht's dir? Alles okay?« Die Sorge war ihm anzuhören.

»Möchtest du nicht viel lieber wissen, wie es um Charly Dorninger steht?«, fragte sie mit einem leisen Lächeln. Was bedeutete es, dass er sich mehr um sie sorgte als um die Patientin?

»Ich weiß schon, dass sie es dank deines raschen Eingreifens überleben wird. Zum Glück!«

Marie nickte bestätigend. »Das kannst du laut sagen. Obwohl ich mir lange nicht sicher war, es hat sie schlimm erwischt. 23 Stiche. Und das bei jemandem, bei dem schon einer tödlich sein kann.«

»Wie geht es deinen?« Er deutete auf ihre geschwollenen Stellen.

Ungerührt zuckte sie mit den Schultern. »Das sind nur Kratzer.«

»Magst mir erzählen, was genau passiert ist?«, bat er, obwohl er am Telefon von den Einsatzkräften schon eine erste Einschätzung bekommen hatte.

In wenigen Sätzen gab ihm Marie eine Zusammenfassung. »Habt ihr schon eine Idee, woher die Viecher gekommen sind?«

»Es gibt ein Erdwespennest im Garten, allerdings weiter weg. Seltsamerweise sind der Teppich vor dem Nachtkästchen, ihr Kopfpolster, die Bettwäsche und sie selbst mit einer stark zuckerhaltigen süßen Limonade getränkt. Sie muss davon getrunken und den Pott umgestoßen haben.«

»Charly Dorninger und süße Limo?«, wunderte sich Marie. »Die hat doch die paar Mal, die ich mit ihr zu tun hatte, nichts anderes getrunken als Wasser. Aber letztlich kenne ich sie ja kaum.«

»Wann werden wir mit ihr sprechen können?«, hörte sie Ben fragen.

Ausgelaugt antwortete Marie zunächst mit einem Schulterzucken, dann mit der Aussage, dass man das im Augenblick nicht wissen könne und abwarten müsse. Heute jedenfalls nicht mehr.

Morgen?

Womöglich.

BEN

Firicht'n.
Sich fürchten.

Im Gegensatz zum gestrigen war der heutige Tag weitestgehend ereignislos verlaufen.

Erwartungsgemäß hatte sich die Bank geweigert, irgendwelche Auskünfte über Regus' Konten zu geben, schon gar nicht am Wochenende.

Unschlüssig, was er mit sich anfangen sollte, hatte Ben sich entschieden, am traditionellen Bad Ischler Kaiserbummel teilzunehmen. In der ganzen Stadt wurden rote Teppiche ausgerollt. Zahllose Gäste flanierten durch die Straßen und Gässchen, viele angetan mit alten Kostümen. Andere stöberten über die Flohmärkte, ließen sich von den Angeboten der Verkaufsstände verführen oder scharten sich begeistert um die zahlreichen im Freien aufgebauten Tische der Bars und Wirtshäuser, wo oft Livemusik gespielt wurde.

Hatte Ben sich selbst schon damit überrascht, das bunte, wenn auch sehr touristische Treiben zu genießen, ertappte er sich nun sogar bei dem Gedanken, schnell im Kaiserpark vorbeizuschauen und sich einen lang aufgeschobenen Kulturhöhepunkt zu gönnen: die Ausstellung des berühmten chinesischen Künstlers Ai Wei-

wei in Kaiservilla, Park, Stallungen und im berühmten Marmorschlössl.

Immer noch beeindruckt von Weiweis Tierkreisköpfen und den Combat Vases, 175 präzise angeordneten Keramikhelmen nach dem Vorbild eines Originals aus der NS-Zeit, landete er am frühen Abend, gerade rechtzeitig vor dem nächsten Gewitter, im Gastgarten eines seiner Lieblingswirtshäuser. Das entspannte Personal ließ sich auch vom starken Regen nicht aus der Ruhe bringen und servierte den Gästen weiterhin Getränke.

Bald begann auch die Band wieder zu spielen, als sei nichts gewesen. Tatsächlich hatte er nun schon ein paar Stunden lang nicht an seinen verzwickten Fall gedacht. Zur Feier des Tages gönnte er sich einen Abschlussdrink im *Pfiffikus*, vor dem die Gäste zu den Rhythmen eines DJs tanzten.

Gegen neun trudelte eine WhatsApp aus dem Krankenhaus ein. Vor Kurzem hatte Charly Dorninger sich erneut – und strikt gegen den ärztlichen Rat – selbst entlassen.

Ben beschlich ein mulmiges Gefühl, und plötzlich war auch die Frage wieder da, die er tagsüber so erfolgreich verdrängt hatte. Weil sie ihn immer mehr triezte, beschloss er, sich nicht länger das Hirn zu zermartern. Vernünftig war das keineswegs, nicht nur wegen der drei Biere, die er intus hatte.

Diesmal rief er zumindest vorher an.

Charly Dorninger sah erbärmlich aus. Blass und übersät mit Stichen bat sie ihn dennoch herein.

Seine Bitte um Entschuldigung für die diesmalige Störung nahm sie mit einem Schulterzucken an. »Schön langsam gewöhne ich mich dran, dass Sie ungebeten und zu kreativen Uhrzeiten auftauchen.«

Auf die Frage, wie sie sich fühle, kam: »Wie immer nach einem Stich geht es mir rasch besser, wenn ich entsprechende Behandlung bekomme. 24 Stunden Überwachung im Krankenhaus sind obligatorisch, aber was wollen sie machen, wenn ich verweigere und nur noch nach Hause möchte, obwohl …« Den Rest des Satzes ließ sie unvollendet, aber er konnte sich denken, was sie meinte. »Nur das Schlafzimmer meide ich im Augenblick lieber. Ausnahmsweise kommt morgen die Putzfrau. Heute übernachte ich im Gästetrakt.«

Das Gespräch führten sie in der gemütlichen Loungeecke auf der überdachten Terrasse vor dem großen, offenen Wohnbereich. Der Blick auf den im Sonnenuntergang rot leuchtenden Traunstein war atemberaubend. Aber Ben war nicht gekommen, um Small Talk zu führen oder die Aussicht zu genießen.

Wie selbstverständlich ging Charly Dorninger zum Du über. »Heraus mit der Sprache. Du bist wohl nicht ohne Grund hier.«

Er machte mit. »Zeigst du mir das Erdwespennest?« Weitere Erklärungen waren nicht nötig.

»Es existiert nicht mehr. Heute Vormittag habe ich meinen Gärtner per Telefon gebeten, es sofort zu fluten. Mir ist egal, dass man das nicht machen und die Tiere schonen soll.«

Nach dem, was sie in der Nacht erlebt hatte, nur zu verständlich. Sie deutete auf eine etwas entfernte Stelle, an der die Fliesen einer weiteren kleinen Terrasse nahtlos in eine Wiese übergingen, die sanft bis direkt zum Seeufer abfiel. »Mir war es naturgemäß seit Wochen ein Dorn im Auge, aber Regus tat nichts. Wir haben uns deshalb mehrfach gestritten.«

Zwischen dem Nest und der Schlafzimmertür lagen gut und gerne 25 Meter. Nachdenklich bat Ben darum, sich auch den Raum ansehen zu dürfen.

»Dass ich nicht mitkomme, wirst du verstehen. Und dass du mir danach erklären musst, warum es wichtig ist, ebenfalls.«

Das Schlafzimmer war ein einziges Chaos aus Wasserpfützen, toten Wespen und Hinterlassenschaften der Sanitäter. Über allem schwebte ein säuerlicher Geruch. Eine große gläserne Karaffe lag umgestürzt neben dem Bett. Darin und um sie herum befanden sich die meisten Insektenkadaver.

»Du meine Güte, hier schaut's ja furchtbar aus!«, ertönte Charlys erstaunte Stimme in seinem Rücken. Sie war ihm also doch gefolgt.

»Erinnerst du dich daran, was gestern hier passiert ist?«

Sie erzählte ihm in kurzen Worten von der ruhigen Ankunft, dem furchtbaren Erwachen in der Nacht und ihrer vergeblichen Suche nach den Notfallkits. Verwirrt hielt sie inne, als ihr Blick auf die Karaffe fiel. »Warum liegen denn ausgerechnet dort so viele tote Tiere? Darin befand sich doch nur Wasser. Und was riecht hier so komisch?«

Ben drehte sich zu ihr um. »Das war picksüßer Hollersaft, Charly, kein Wasser. Er hat die Wespen ganz kirre gemacht. Mit dem Zeigefinger deutete er auf den zerwühlten Kopfpolster und die Decke. »Siehst du auch hier die Flecken und die toten Wespen?«

»Aber … ich mag keinen Hollersaft. Wie …?«

Ihre Reaktion bestätigte seine Vermutung. »Aufgrund der letzten Ereignisse müssen wir leider auch noch in eine ganz andere Richtung denken«, begann er vorsichtig. »Es ist durchaus möglich, dass nicht Regus das Opfer des Brandanschlages sein sollte, sondern … du.«

Ihre Augen wurden groß. »Was soll das heißen, Ben? Ich? Aber …«

»Wir können es leider nicht ausschließen. Wenn die Vermutung zutrifft, würde das bedeuten, dass der Täter es gestern erneut versuchte. Einbrach, deine Kits versteckte und die Wespen anlockte.«

Nur langsam sickerte in ihr Bewusstsein, was Ben da ausgesprochen hatte – und welche Fragen sich damit auftaten.

Wer weiß von deiner Allergie?

Wer hat Zutritt zum Haus?

Und wer könnte dir nach dem Leben trachten?

BEN

So a Blöampi.
Jemand, der wider besseres Wissen handelt.

Wie war es bloß dazu gekommen, dass eine zutiefst verunsicherte Charly Dorninger, eingehüllt in eine warme Jacke, auf der Bank vor seiner Hütte saß und Pfefferminztee schlürfte?

»Ich erinnere mich wirklich nur noch an einen Schatten auf der Rettenbach-Alm. Und bezüglich gestern an das, was ich dir schon erzählt habe, oder besser gesagt vorgestern«, korrigierte sie sich nach einem prüfenden Blick auf die Uhr, die mittlerweile halb zwei anzeigte. Sonntag, der 18. August. Kaisergeburtstag.

Vor 20 Minuten waren sie angekommen, nachdem Ben die Frau mit guten Argumenten davon überzeugt hatte, dass es für sie allein zu Hause zu gefährlich war, solange es keinen Personenschutz gab. Sie hatte ihm angeboten, bei ihr zu bleiben, doch er hatte es für besser befunden, sie einfach mitzunehmen. Wer auch immer Charly nach dem Leben trachtete, würde sie hier kaum finden. Die schiefe Optik nahm er in Kauf.

Mittlerweile hatte sie sich etwas beruhigt und mit den Tatsachen abgefunden.

In der Früh würde Ben sich als Erstes um ihre Sicherheit kümmern, zudem Ermittlungen einleiten. Aber auch Regus Dorninger durfte er nicht aus den Augen verlieren. Es galt mehr denn je, Licht ins Dunkel seiner Finanzen zu bringen, wobei Charly Ben bereits volle Kooperation zugesichert hatte. »Soweit ich es kann«, hatte sie eingeschränkt. »Er hat viel vor mir verborgen.«

Obwohl beide erschöpft waren, dachten sie nicht an Schlaf. Zu aufwühlend waren die neuen Erkenntnisse, die sich durch Bens Besuch ergeben hatten. Ben begnügte sich nicht mit Tee, er hatte sich stattdessen eine Flasche eiskaltes Bier aufgemacht. Die Nacht war kühler als zuletzt, eine leichte Brise strich um die Hütte. Der Himmel gab sich wolkenlos, Sterne funkelten. Zu viel Romantik für zwei ernüchterte Menschen.

»Wer hat eigentlich einen Schlüssel zum Haus?«

Charly überlegte nicht lang. »Neben Regus und mir? Die Putzfrau. Und ein Ersatzschlüssel liegt bei Heinz, Regus' Anwalt und Jagdfreund.«

Sie würden überprüfen, ob sämtliche Ersatzschlüssel noch an Ort und Stelle waren. Allerdings hatte Charly vorgestern Abend leichtsinnigerweise die Alarmanlage deaktiviert, die Terrassentür offen stehen lassen und ein Schlafmittel genommen. Es wäre also für niemanden ein Problem gewesen, unbemerkt auf das Anwesen zu gelangen.

»Wer weiß von deiner Allergie?«

»Quasi alle. Regus hat sich manchmal darüber lustig gemacht, dass ich sogar für Bienen eine süße Versuchung sei.« Ihr Tonfall verriet, wie wenig ihr das gefallen hatte.

Interessant wäre auch die Antwort auf die Frage, woher der Eindringling wusste, dass Charly sich erneut selbst aus dem Krankenhaus entlassen hatte. Wurde sie beobachtet? Womöglich auch in diesem Augenblick? Einer der Gründe, warum Ben sie keine Sekunde aus den Augen ließ. Ohne es allerdings anzusprechen. Sie war nervös genug.

Das Schweigen wurde lauter.

»Du hast mir viel über Regus erzählt, aber wie war eure Beziehung eigentlich im Vergleich zu der zu deinem ersten Mann?« Peinlich berührt machte er einen Rückzieher. »Du meine Güte, entschuldige bitte ...«

Ihre Miene verdüsterte sich. »Schon gut. Es gibt dahingehend keine Geheimnisse, nur fällt es mir schwer, darüber zu sprechen. Martin ... nun, ich habe ihn sehr geliebt und Jahre gebraucht, bis ich seinen Tod halbwegs verkraftet hatte. Manchmal frage ich mich, ob ein Teil von mir immer noch damit kämpft. Regus dachte immer, dass sich das ändern würde. Doch dem war nicht so. Je länger wir zusammen waren, desto mehr frustrierte es ihn.«

»Was war das Besondere zwischen Martin und dir?«

Sie schürzte die Lippen. »Bist du in einer Beziehung, Ben?«

»In keiner fixen«, brach es überrumpelt aus ihm heraus.

»Willst du nicht, oder kannst du nicht?«

Seit Marie hatte er nicht mehr wirklich das Bedürfnis dazu verspürt. Aus guten Gründen. Weshalb er Charlys von Anfang an schwierige Beziehung zu Regus gut nachvollziehen konnte.

Sie bohrte tiefer in der blutenden Wunde. »Dir hat einmal jemand sehr wehgetan, nicht wahr? Und niemand kommt dir emotional näher als ein Mensch, für den du trotz schmerzlicher Erfahrungen wieder dein Herz öffnest. Davor hast du zu viel Angst. Genau wie ich.«

Er zog es vor, darauf lieber nicht zu antworten.

Charly nahm einen Schluck von ihrem Tee und kam wieder auf ihre erste Ehe zu sprechen. »Was Martin und ich hatten? Anfänglich das Gleiche wie alle Frischverliebten. Grenzenlose Romantik, die wenig mit wahrer Liebe zu tun hat. Als sie abkühlte, begannen die Unzulänglichkeiten, der Alltag, die ersten Machtspiele, in der die Rollen verteilt werden und sich entscheidet, wer abhängiger vom Gegenüber wird als der andere. Es ging nicht mehr nur um Liebe, sondern immer mehr auch um Kontrolle. Das passiert in jeder Beziehung, auch wenn wir es nicht wahrhaben wollen. Irgendwann kommt dann der Punkt, an dem man sich für eine Richtung entscheidet. Die Flucht in die Arbeit oder eine Ersatzbefriedigung, Betrug, Trennung – oder bewusstes Auseinandersetzen mit sich selbst und das Streben nach gemeinsamem Wachstum. Martin und ich bemühten uns sehr, wussten, was wir aneinander hatten. Ein intensives, wunderbares Miteinander, das leider, im wahrsten Sinne des Wortes, der Tod schied. Die Zeit danach war schrecklich. Lange konnte ich nur weinen und versuchen zu atmen, nicht einmal aufstehen. Die Trauer überwältigte mich, erst recht, als man seine Überreste fand. Hinzu kam, dass mein Leben auseinanderbrach.« Sie schüttelte sich. »Mitten hinein in dieses Gefühlschaos platzte Regus mit seinem Angebot, mich aufzufangen.«

Ben hörte schweigend zu, um ihren Redefluss nicht zu unterbrechen.

»Mit Regus war das Limit schon früh erreicht. Schnell entfernten wir uns immer mehr voneinander. Er begann mich zu betrügen. Es war mir egal. Seine immer weniger heimlichen Freundinnen waren das genaue Gegenteil von mir, groß, blond, unsicher, leicht zu beeindrucken. Er gierte nach der Frischverliebt-Phase und warf mir parallel vor, was ich falsch machte. Sein Ego kam nicht zurecht mit mir. Möglicherweise hätten wir uns sogar auf ein anderes Level bringen können, aber im Grunde fehlte uns der Wille dazu, weshalb wir auch nicht gemeinsam an unseren Defiziten arbeiteten, so wie Martin und ich es getan hatten. Trotzdem trennten wir uns nicht, obwohl es dringend notwendig gewesen wäre.«

Sie hielt inne, den Blick in die Ferne gerichtet. Noch immer hütete Ben sich, den Moment zu zerstören. Ihm wären auch keine passenden Worte eingefallen. Stattdessen stellte er mit Unbehagen fest, dass seine Faszination für diese Frau wuchs und wuchs.

»Jedes Mal, wenn du dich auf einen neuen Partner einlässt«, durchbrach ihre tiefe Stimme seine Gedanken, »bekommst du zwei Dinge: den Menschen selbst und seine oft nicht verarbeitete Vergangenheit. Ich kann Regus nicht für meine Themen verantwortlich machen, er war lediglich kein passender Partner für mich. In einer Beziehung ist man primär mit sich selbst zusammen. Deshalb wird meine nächste keine sein, in der mich ein Mensch vervollständigt, das geht gar nicht. Vielmehr werde ich jemanden an meiner Seite haben, der meine eigene Unvollständigkeit teilt und – langsam und im sorgsamen Miteinander – heilt.«

Energisch stellte sie die mittlerweile leere Tasse zur Seite. Hob den Blick. Sah Ben lange und ungeniert in die Augen, ein stiller Austausch, der alles versprach, aber nichts halten musste.

»Bitte nimm mein Bett, Charly«, riss er sich zusammen, um nicht etwas zu tun, was er spätestens am nächsten Morgen bitter bereuen würde. Sie war zauberhaft, sehr sogar, aber sie war auch eine Verdächtige, und er riskierte seinen Job, würde er das auch nur eine Sekunde lang vergessen.

Heftige Schläge dröhnten durch die Hütte, begleitet von lauten Rufen.

Aufgeschreckt fuhr Ben in die Höhe. Als Erstes landete sein Blick auf Charly, die sich ebenfalls gerade aus der Decke schälte. Die vergangene lange Nacht fiel ihm ein. Stöhnend und nur mit Boxershorts bekleidet schlurfte er zur Tür und riss sie auf.

Peter Neumüller kam hereingeeilt. Bens Auto stand am Parkplatz, seine Anwesenheit war also kein Geheimnis. »He, nicht so stürmisch«, bremste er seinen Partner. »Was ist los?«

In diesem Moment tauchte ausgerechnet jene Person im Eingang auf, die er in dieser zweideutigen Situation am wenigsten gebrauchen konnte: Marie.

Verdammt.

Und noch mal verdammt, als sich mit einem Mal Erstaunen in ihre Miene mischte. Er musste sich nicht erst umdrehen, um zu wissen, dass Charly hinter ihm stand. Auch Peter Neumüller fehlten die Worte.

Jetzt war rasches Krisenmanagement gefragt. »Kommt herein und zieht bloß keine falschen Schlüsse. Ich beschütze lediglich eine Zeugin.«

»Halb nackt?« Maries anfängliche Überraschung war purer Missbilligung gewichen.

Warum ärgerte ihn das dermaßen? Vom vollkommen unnötigen schlechten Gewissen gar nicht zu sprechen. »Selbst wenn ich euch im Adamskostüm empfangen würde, würde es dich nichts angehen. Ich habe gerade erklärt, was Sache ist. Kommt ihr nun oder nicht?«, stieß er harscher als nötig hervor. Kein Wunder, dass sie zusammenzuckte.

Die anderen beiden waren dem Wortwechsel stumm gefolgt und tauschten vielsagende Blicke.

»Wollts Kaffee?«, versuchte Ben, die Lage zu entschärfen.

Ein dreimaliges Ja ergab fünf Minuten später vier Tassen, serviert auf dem groben Jogltisch im Herrgottswinkel, wo seine ungebetenen Gäste nebeneinander auf der Eckbank hockten. Erstaunt stellte Ben fest, dass es schon elf Uhr durch war und er satt verschlafen hatte.

Zunächst verlor er ein paar Sätze über die Ereignisse des vergangenen Abends. »Charly ist in Gefahr. Mir erschien es daher besser, sie mitzunehmen.«

Seine Erläuterungen trafen auf weiterhin sehr aktives Schweigen.

»Warum seid ihr eigentlich hier?«, änderte er die Stoßrichtung, eine Frage, die er schon längst hätte stellen sollen.

»Koloman Brugger ist tot!«, platzte Peter Neumüller heraus. »Man hat seine Leiche beim Kreuzstein in der Traun gefunden. Marie versuchte als Notärztin im Wochenenddienst, noch etwas für ihn zu tun, aber jede Hilfe kam zu spät. Es ist unklar, ob er von selbst ins Wasser fiel oder gestoßen wurde. Jedenfalls hat er schwere Kopfverletzungen. Weil du unauffindbar warst, hat Marie mich in Linz kontaktiert. Immerhin weiß sie ja, dass wir ihn als Verdächtigen im Zusammenhang mit Regus Dorningers Tod führen. Ich hab mein Sonntagsfrühstück sausen lassen und bin sofort ins Auto gesprungen.«

Manni Brugger? Tot? Vielleicht ermordet?

Was war bloß los? Zuerst der Mord an Regus Dorninger, dann der wohl als Mordversuch einzustufende Anschlag auf Charly, und jetzt war auch noch der Bademeister unter mysteriösen Umständen ums Leben gekommen!

Ben glaubte nicht an Zufälle. Zwischen den drei Opfern gab es direkte Verstrickungen. Für ihn zog hier jemand eiskalt seinen Plan durch. Aber mit welchem Motiv? Was bedeutete das für Charly? Schwebte sie in Gefahr? In seinem Kopf überschlugen sich die Fragen.

Drei Augenpaare musterten ihn auffordernd. Schön langsam sollte er wohl irgendwie auf das Gehörte reagieren. »Sehen wir uns die Stelle mal an. Die Leiche muss zur Obduktion. Gibt's einen Abschiedsbrief?«, stammelte er verlegen. Ungeschickter ging's fast nicht mehr.

»Okay. Schon eingeleitet. Nein.« So Peter Neumüllers knappe Zusammenfassung der Lage.

Verstohlen musterte Ben die beiden Frauen. Erst jetzt, da sie nebeneinandersaßen, wurde ihm ihre optische Ähnlichkeit in aller Deutlichkeit bewusst. Beide waren dunkelhaarig, eher zart, aber durchtrainiert, mit dichten Augenbrauen und Stahl im Blick. Maries Mähne war lockiger, Charly zierlicher, ihr Gesicht blasser. Aber sonst …

War er jetzt komplett durch den Wind? Konnte es einen unpassenderen Augenblick für einen derartigen Vergleich geben? Wenn er sich nicht schleunigst zusammenriss, würde die Situation in einem Desaster enden.

Charly Dorninger sah mit großen Augen von einem zum anderen. »Ich habe Angst«, flüsterte sie leise.

Der Kreuzstein war ein Felsen in der Traun am Fuße des Jainzenbergs, ein Stück flussabwärts der Stadt, in Summe etwa elf Meter hoch und an der Spitze mit einem übermannshohen vergoldeten Kruzifix versehen. Eine alte Sage erzählte, der Teufel hätte ihn einst dorthin geworfen, um die Stadt zu überfluten. Zu Kaisers Zeiten galt er als reizvoller Anblick, heutzutage führte die wenig attraktive Bundesstraße direkt daran vorbei.

An genau dieser Stelle standen nun Ben und Peter Neumüller und schauten hinüber. Im Augenblick hatte die Traun wenig Wasser. Ben erinnerte sich an das Jahr 2013, als ein Hochwasser den Felsen beinahe komplett überflutet hatte.

»Bruggers Jacke hat sich verfangen, weshalb er steckenblieb. Du kannst dir den Schock der Joggerin vorstellen, die ihn in der Früh dort treiben sah. Sonst weiß sie nichts. Wir haben sie schon befragt, ehe wir dich sanft aus deinem Schlummer holten.« Dass Ben an diesem Morgen versagt hatte, würde Peter Neumüller ihm noch lange genüsslich unter die Nase reiben.

»Glaubst du an einen Unfall?«

Bens Kollege schnaubte. »Würde mich extrem wundern. Seine Wohnung liegt ganz woanders. Und Marie meinte, lange kann er nicht im Wasser gelegen haben, vielleicht ein, zwei Stunden. Die Joggerin fand ihn gegen halb sechs. Was also hätte der Kerl zwischen drei und vier Uhr früh an der Traun verloren gehabt?«

»Du glaubst vielmehr, er wurde woanders umgebracht und später ins Wasser geworfen? Jedenfalls bin ich gespannt, was die Obduktion in Sachen Todesursache ergibt.«

»Und vor allem hinsichtlich des Todeszeitpunkts«, ergänzte Peter Neumüller. »Marie wollte sich wie üblich nicht festlegen, aber sie denkt, dass er früher war, vielleicht schon vor Mitternacht.«

»Wenn wir recht haben, handelt es sich um den nächsten Mord.«

»Leider ist unser potenziell Hauptverdächtiger damit ebenfalls tot.«

Peter Neumüller rieb sich den Stiernacken. Völlig unpassend zum Ernst der Lage trug er wieder einmal eines seiner Motto-T-Shirts, das aus dem humorigen Merchandise-Store der Wiener Bestattung beim Zentralfriedhof stammte. *Ich nasche bis zur Asche.*

Auf dem Weg hierher hatte Marie sich kurzerhand Charly Dorninger geschnappt. »Ab sofort passen Filo und ich auf dich auf. An der kommt niemand so schnell vorbei. Wir holen ein paar deiner Sachen aus dem Haus, und du ziehst in ihr zweites Gästezimmer. Peter hat das andere, so bist du vorerst auch in der Nacht beschützt. Filos Adoptivsohn Hannes ist auch oft da. Wer immer also dahintersteckt, wird sich hüten, es ein weiteres Mal zu versuchen.«

Die Idee war gut. Nur leider gar nicht nach Bens Geschmack. Jetzt taten sich die beiden für ihn so aufreibenden Frauen auch noch zusammen, mit der energischen Filo Hemetsberger im Schlepptau. Aber weil nicht das Geringste gegen diese für alle beste Lösung sprach, grummelte er im Stillen vor sich hin.

Bis erste Ergebnisse einlangten, würde es dauern. Mittlerweile war es Sonntagnachmittag, für die meisten nicht unbedingt Arbeitszeit. Im Augenblick konnten sie nur abwarten. Morgen würden sie damit beginnen, Manni Bruggers Tod aufzudröseln.

»Ich bleibe gleich da«, entschied sein Kollege. Regina ist mit den Buben bis morgen bei ihrer Mutter, Luna schläft bei einer Freundin. Filo und Hannes grillen. Bist dabei?«

Ben schüttelte den Kopf. Der Vorschlag bedeutete zu viel Nähe zu Charly und Marie. Gerne überließ er den Griller Peter Neumüller, Hannes Reiter und den Damen und nutzte das halbwegs schöne Wetter, um sich wieder einmal auf sein Mountainbike zu schwingen.

Ausgepowert ging er gegen elf Uhr ins Bett und sank in einen tiefen, traumlosen Schlaf.

BEN

Dischgeriern.
Sich unterhalten.

Die neue Woche startete mit einer kalten Dusche.

In der Nacht hatte sich eine Regenfront über das Salzkammergut gelegt, die gekommen war, um zu bleiben, zumindest bis Freitag. Die Kaisertage waren also genauso vorbei wie das Kaiserwetter.

Gleich in der Früh hatte Ben erste Telefonate geführt und dabei erfahren, dass Regus Dorningers Haustürschlüssel nach wie vor bei seinem Anwalt lag. Die Putzfrau hatte ihren bei sich. Tobias Kofler hatte er einen wichtigen Auftrag erteilt.

Charly Dorninger war wie vereinbart gestern bei Filo eingezogen und hatte dort eine ruhige Nacht verbracht. Laut Peter Neumüller befand sie sich gerade zur Kontrolluntersuchung bei Marie in der Ordination.

Hannes Reiter, Filos Adoptivsohn, hatte sich bereiterklärt, heute auf sie zu achten. Der junge Mann, der im Zuge ihres letzten Falls ins Visier der Ermittlungen geraten war, machte sich inzwischen mit Online-Gaming einen Namen und mutierte immer mehr zum Extremsportler. Gerade hatte er am herausfordernden Traunsee Bergmarathon teilgenommen und die 63 Kilometer und 4.500 Höhenmeter nonstop und im vorderen Drittel bewältigt.

An der Montagskonferenz nahmen Ben und Neumüller einmal mehr per Zoom-Call teil, diesmal in Filos Haus. Ben war vorhin gekommen und hatte sich bei einem Espresso Peter Neumüllers Schwärmerei über Filos köstliche Steaks angehört. Nun saßen beide in einem der hübschen Gästezimmer, die der Polizist stets mietete, wenn er nach Ischl kam. Beruflich oder privat.

Die erste Erkenntnis betraf das vorläufige Obduktionsergebnis von Koloman Brugger. Auch ihm war, wie schon Regus Dorninger, der Schädel eingeschlagen worden, ehe man ihn in die Traun geworfen hatte. »Das erlittene Schädel-Hirn-Trauma hat wohl zu sofortiger Bewusstlosigkeit geführt«, fasste Rechtsmediziner Hans Einwaller es auf Bens Bitte hin zusammen. »Das Röntgenbild zeigt eine multiple Schädelfraktur, das CT eine Blutung im Bereich des Hirngewebes. Nach dem Schlag hat er zum Glück nichts mehr mitbekommen.«

»Hast du das Wochenende durchgearbeitet?«, konnte Peter Neumüller sich nicht verkneifen zu fragen.

»Ich bin nicht allein auf der Welt«, kam es trocken zurück. »Du darfst dich bei den Kollegen bedanken. Ich bin nur der Überbringer der Botschaft.«

Ben hakte ein. »Kannst du aufgrund der Richtung des Schlages sagen, wie groß der Täter war?«

»Kann ich selbstverständlich«, reagierte der Rechtsmediziner fast beleidigt. »Zwischen 1,80 und 1,85 Meter.«

Ob ihnen das weiterhelfen würde, musste sich erst noch herausstellen. Viel lieber wäre es Ben gewesen, wenn es sich bei dem Täter um einen Zwerg oder Riesen gehandelt hätte. Mit der Größenangabe, die der Rechtsmediziner ermittelt hatte, kamen halb Ischl und Umgebung in Betracht.

Maries Einschätzung erwies sich ebenfalls als zutreffend. Koloman Bruggers Leiche war nur etwa zwei Stunden im Fluss getrieben, zu diesem Zeitpunkt war Brugger schon mindestens vier tot gewesen.

Nachdem alle auf demselben Stand und die Aufgaben verteilt waren, gönnten Ben und sein Kollege sich ein spätes Frühstück.

»Das gleiche Muster wie bei Dorninger, wir dürfen also vom selben Täter ausgehen, glaubst du nicht auch?« Peter Neumüller biss in eine Schinkensemmel und begann genussvoll zu kauen.

»Das Opfer zuerst brutal erschlagen, dann die Leiche entsorgen«, stimmte Ben zu. »Obwohl durch die Vorgehensweise in beiden Fällen nicht alle Beweise vernichtet wurden.«

»Womöglich ging es dem Täter auch nur darum, Brugger auf jeden Fall mundtot zu machen«, mutmaßte sein Kollege. »Charly Dorninger ist damit als Tatverdächtige auszuschließen.«

Warum freute Ben diese Erkenntnis dermaßen? Er stutzte. Peter Neumüllers unabsichtliche Formulierung hing ihm nach. »Vielleicht hast du es gerade auf den Punkt gebracht und Brugger wurde tatsächlich mundtot gemacht, weil er etwas gewusst oder beobachtet hat.«

»Schon möglich«, blieb Peter Neumüller ungerührt und griff nach einer weiteren Weißmehlbombe.

Bens Telefon läutete. Der Anruf kam vom Polizeiposten Bad Ischl. Gestern früh sei eine Anzeige eingegangen, die von Interesse sein könnte.

Eine Kellnerin war am Samstag gegen 23 Uhr auf dem Heimweg nach Bad Ischl auf der Langwieser Geraden halsbrecherisch von einem Auto überholt und geschnitten worden. Der Wagen hatte sie leicht touchiert, ihr selbst ging es aber zum Glück gut. Trotz des Schreckens hatte sie einen älteren roten Kombi mit Gmundner Kennzeichen erkannt. Man hatte bereits alle Fahrzeuge, die der Beschreibung entsprachen, überprüft, und siehe da: Ausgerechnet Koloman Brugger fuhr ein solches Auto. »Wir fahnden bereits nach der Karre, denn bei ihm zu Hause steht sie nicht. Sobald wir sie gefunden und überprüft haben, melden wir uns«, sagte der Postenkommandant zuversichtlich.

Die beiden Ermittler sahen einander erstaunt an.

»Kurz bevor er umgebracht wird, rast Brugger von Ebensee nach Ischl? Warum bloß? War er auf der Flucht?« Hastig würgte Peter Neumüller den Bissen hinunter, den er vor lauter Überraschung vergessen hatte zu kauen. Prompt verkutzte er sich und musste husten.

Ehe Ben antwortete, klopfte er ihm fest auf den Rücken. »Gäbe es fürs Essen eine Medaille, würdest du auch sie essen«, kommentierte er die hilflosen Versuche seines Kollegen, wieder zu Luft zu kommen.

Der wedelte jedoch nur ungerührt in einer Red-weiter-Geste mit den Fingern. Sie waren voller Senf.

»Die Zeugin hat kein weiteres Auto gesehen. Das spricht dagegen, dass er verfolgt wurde. Vielleicht ist aber das Gegenteil der Fall: Er hatte es eilig, irgendwohin zu kommen. Womöglich hat er zuvor eine Nachricht erhalten. Zum Beispiel, dass jemand ihm Nahestehender bedroht wird. Wie geht's eigentlich Koloman Bruggers dementer Mutter? Mist, mit der hätten wir natürlich längst sprechen müssen, auch wenn sie nur noch dahindämmert«, fiel Ben siedend heiß ein.

Peter Neumüllers Semmel war endlich dort, wo sie hingehörte. Mit rauer Stimme gelang ihm ein Sprechversuch. »Keine Sorge, ich bin der Retter deiner erbärmlichen Menschlichkeit. Gestern Vormittag habe ich auf dem Weg zu dir bei ihrer 24-Stunden-Pflege angerufen. Der verblichene Koloman hat uns nämlich bei unserem ersten und einzigen Gespräch wohlweislich verschwiegen, dass es seit Charlys großzügiger Überweisung eine gibt. Zu ihrem Glück ist die Dame wirklich schon sehr dämmrig. Sie bekommt nichts mehr mit. So tragisch ihr Zustand auch sein mag, ist es so wohl das Beste für sie. Niemand weiß, wie lange sie noch hat. Aber fürs Erste scheint ihre Versorgung gesichert.«

Da man Koloman Bruggers Auto nicht vor seinem Haus gefunden hatte, war er nach seiner Raserei wahrscheinlich auch nicht mehr dort gewesen. Sollte es ein Bedrohungsszenario gegeben haben, dann nicht gegenüber seiner Mutter. Wer käme noch infrage? Und wo genau hatte man ihn umgebracht?

Die Fragen türmten sich, ganz im Gegensatz zu guten Antworten.

»Fassen wir die Lage doch mal zusammen«, schlug Ben vor. »Welche Fakten haben wir?«

Das ließ Peter Neumüller sich nicht zweimal sagen. »Zuerst wird Regus Dorninger, der viele Feinde hatte, brutal erschlagen und verbrannt. Das Tatmotiv ist unklar. Charly überlebt. Auch denkbar, dass sie das Ziel des Angriffs war.«

»Oder jemand möchte beide aus dem Weg haben, gelungen ist es ihm aber bisher nur bei Regus«, ergänzte Ben.

Sie hatten nach dem Mord damit begonnen, das private Umfeld des Paares gründlicher zu durchleuchten. Nur dass es kaum existierte. Gemütliche Einladungen zum Abendessen mit Freunden gab es nicht. Charly war eine kontaktscheue Einzelgängerin, Regus vor allem im beruflichen Zusammenhang unterwegs gewesen. Die paar engeren Bekannten hatten die Kollegen längst und ohne wesentliche Erkenntnisse befragt. »Niemand mochte Regus wirklich. Man kontaktierte ihn nur, wenn man etwas brauchte. Dann spielte er gerne den Gönner. So gewinnst du Schleimer, keine Freunde«, hatte es einer zusammengefasst. Dorninger hatte auch keinem Service- oder Sportklub angehört. Er war am liebsten allein jagen gegangen oder mit seinem schnellen Elektroboot über den See gecruist.

»Wer wusste von Charlys Allergie?«, überlegte Ben weiter, um sich im nächsten Moment selbst die Antwort zu geben. »Allen voran natürlich Regus. Marie als ihre Ärztin. Damit auch Filo. Das Rettungs- und Krankenhauspersonal. Im Grunde könnte es jeder mitbekommen haben. Und das Haus war in dieser Nacht nicht gesichert. Bleibt einmal mehr die Frage, wer ein

Motiv hatte und deshalb rasch und unauffällig handeln wollte. Bedenke, dass der Täter ein gewisses Risiko auf sich genommen hat, um Charly zu erwischen.«

»Und es so aussehen zu lassen, als sei es ein Unfall gewesen. Hätte Charly nicht überlebt, wären wir wohl kaum von einem Mord ausgegangen, sondern von einer Ungeschicklichkeit mit Todesfolge«, sagte Neumüller.

»In der darauffolgenden Nacht wird Koloman Brugger erschlagen, auf die gleiche Art und Weise wie Regus Dorninger, und zwar kurz nachdem er mit überhöhter Geschwindigkeit von Ebensee nach Ischl rast.«

Nach einer nachdenklichen Pause begannen beide Ermittler im selben Moment wieder zu sprechen. »Was, wenn …?« – »Aber dann …«

Peter Neumüller redete einfach weiter. »Was, wenn Koloman Brugger nicht von Ebensee kam, sondern von Traunkirchen, das an derselben Straße und nur wenige Kilometer weiter nördlich liegt?«

»Das hieße«, setzte Ben fort, »dass er, aus welchem Grund auch immer, an Charlys Haus war.«

»Können wir Brugger als Täter ausschließen?«

»Welches Motiv hätte er gehabt, Charly so lange nach dem Urteil und der Wiedergutmachung etwas anzutun? Außerdem wurde auch er ermordet. Nein, ich bin mir sicher, dass er mit den Anschlägen auf die Dorningers nichts zu tun hatte. Die Frage ist, warum er mitten in der Nacht nach Traunkirchen fuhr.«

»Vielleicht hat er sie gesucht, um ihr etwas Wichtiges zu erzählen. Er vertraute ihr, schließlich hatte sie ihm mit ihrer Überweisung ungemein geholfen. Womöglich wollte er sich mit seinem Wissen revanchieren. Oder sie warnen.« Die Schlussfolgerung seines Kollegen klang für Ben plausibel.

»Ich habe Tobias heute früh gebeten, die Handydaten der beiden zu überprüfen. Sobald wir die haben, werden wir ihr gehörig auf den Zahn fühlen.«

Definitiv. Auch wenn es sich für Ben nicht gut anfühlte. »Dann haben wir einen Tagesplan. Zudem wird es interessant sein zu sehen, mit wem Brugger zuletzt sonst noch telefoniert hat.«

»Ein Pläuschchen mit dem Mörder wird's wohl nicht gewesen sein. So einfach macht er es uns nicht.« Wieder ein Punkt für Peter Neumüller, der mittlerweile bei einem Stück Marillenfleck angelangt war. »Hoffentlich finden die Kollegen endlich auch Bruggers Auto, vielleicht sogar am eigentlichen Tatort. Mit ein wenig Glück hat sein Mörder es dort einfach stehen lassen. Er war unter Druck, hatte wenig Zeit, die Gefahr, entdeckt zu werden, war groß. Spuren wollte er auch keine hinterlassen.«

Beim zweiten Stück Kuchen läutete Neumüllers Handy. Tobias Kofler.

»Das mit den Handydaten ging diesmal erfreulich schnell. Es muss euch nicht kümmern, wieso. Brugger hat in der relevanten Nacht zwei Mal telefoniert. Die eine Nummer gehört einem gewissen Gerhard Birnstingl. Die andere …«

»Charly Dorninger?«, konnte Ben sich nicht zurückhalten.

»Richtig geraten, mein Freund.«

»Hat sie abgehoben?«

Die Antwort war eindeutig.

Ohne weitere Verzögerung machten sie sich auf den Weg zur Praxis, Ben mit gehörig Rumoren im Bauch. Tobias' Neuigkeiten gefielen ihm gar nicht. Und warum hatte Peter Neumüller vorhin so komisch mit ihm gesprochen? War Bens Sympathie für Charly Dorninger so offensichtlich? Er musste vorsichtig sein. Sein Kollege besaß Radarantennen.

Auf halber Strecke machte ein weiterer Anruf ihren Plänen einen Strich durch die Rechnung. Schon wieder drang die Stimme des Ischler Postenkommandanten Reinhard Oberndorfer durch den Lautsprecher. »Wir haben Bruggers Auto!«

»Jawoll!«, jubelte Peter Neumüller und drosch begeistert aufs Lenkrad ein. »Das ging ja flott.«

»Viel nutzen wird es euch aber nicht, fürchte ich.«

»Warum?« Bens spontane Begeisterung verschwand schlagartig.

»Es liegt im Fluss, wurde heute früh entdeckt und wird gerade geborgen, hinten beim Freizeitzentrum. Das Kennzeichen stimmt, deshalb habe ich auch schon die Spurensicherung alarmiert. Sie ist auf dem Weg. Ich will euch ja nicht die Hoffnung nehmen, aber ich habe so meine Zweifel, dass wir viel finden werden. Dort ist nichts. Überwachungskameras gibt's auch keine.«

Als die Ermittler einlangten, zog die Feuerwehr das Wrack gerade mit einem Kran an Land. Auch Taucher waren vor Ort. Der rote Kombi schien so weit unversehrt, sämtliche Türen standen offen, Wasser strömte heraus.

Die Stelle lag etwas abseits der Straße, war nicht einsehbar und von hohem Gestrüpp umgeben, das grasige Ufer fiel etwa drei Meter steil ab. Der perfekte Platz, um unbemerkt ein Auto zu entsorgen.

Ben fragte sich, ob Brugger noch darin gesessen hatte, als der Wagen unterging. Wohl eher nicht. »So wie es aussieht, wurde Brugger irgendwo erschlagen, später ins Wasser geworfen und der Wagen separat versenkt. Die Tat kann überall passiert sein.«

»Die Strömung ist hier nicht allzu stark, das Wasser tief, deshalb war das Auto kaum zu sehen und ist nicht weit abgetrieben«, sagte Reinhard Oberndorfer, der sich inzwischen zu ihnen gesellt hatte. Er war selbst bei der Feuerwehr und konnte Derartiges gut einschätzen. »Es lag seit gestern im Fluss und wurde nur durch Zufall von einem Hundebesitzer entdeckt, der seinen Vierbeiner suchte.«

Ben hatte schon einmal mit einem ähnlichen Fall zu tun gehabt und kannte sich aus. »Sollte es Spuren gegeben haben, sind die inzwischen wohl weggespült.«

Peter Neumüller sah sich um. »Zwischen dem riskanten Überholmanöver und dem wahrscheinlichen Todeszeitpunkt klafft eine Lücke von etwa zwei Stunden. Vielleicht hat Brugger sich in seinem Auto versteckt und irgendwo abgewartet, bis die Luft vermeintlich rein war.«

»Und lief prompt seinem Mörder in die Arme, der ihn umbrachte, ungesehen ins Wasser warf und Bruggers

Auto danach hier an dieser tiefen Stelle in den Fluss rollen ließ. Das bedeutet, der Täter hat Ortskenntnis. Ihm muss klar gewesen sein, dass wir beides früher oder später finden werden, aber vielleicht wollte er sich nur mehr Zeit verschaffen und das Wasser seine Arbeit tun lassen. Ein zu großer Felsen und ein frecher Köter haben ihm aber einen gehörigen Strich durch die Rechnung gemacht.«

Ben wandte sich an den Chef der inzwischen ebenfalls eingelangten Spurensicherung. »Ihr müsst neben dem Wagen auch die Umgebung gründlich absuchen. Vielleicht wurde er in der Nähe erschlagen und ihr findet Blutspuren.« Viel Hoffnung hatte er allerdings nicht, es sei denn, der Mörder hatte geschlampt.

Was für ein ereignisreicher Morgen. Zuerst Tobias' erfreuliches Tempo bei der Auswertung der Handydaten, und jetzt hatten sie auch Manni Bruggers Auto. So durfte es gerne weitergehen.

Peter Neumüllers Smartphone meldete sich. Mit einem entschuldigenden Blick nahm er den Anruf entgegen. »Hallo, Schatz! Ist es dringend? Wir …«

Während er dem aufgeregten Gequake lauschte, verwandelte sich seine Miene von erfreut zu bestürzt. »Okay, ich komme. Muss aber noch schnell etwas klären.« Als er den Knopf gedrückt hatte, entfuhr ihm ein herzhaftes »Heilige Scheiße«.

Verwundert sah Ben seinen Kollegen an. War schon wieder etwas mit ChouChou?

Doch Neumüllers familiäre Katastrophen häuften sich. »Luna hatte vorhin auf dem Weg nach Hause einen Unfall mit ihrem Motorroller«, röchelte Bens Kollege.

»Ich wollte sowieso nicht, dass sie einen bekommt, aber wieder einmal habe ich mich nicht durchgesetzt. Und prompt …« Ihm versagte die Stimme.

Beruhigend legte Ben ihm die Hand auf den Unterarm. »Was ist passiert?«, fragte er leise.

Sein Kollege schluckte. »Sie liegt im UKH in Linz. Man hat sie … mit dem Hubschrauber …«

So durch den Wind hatte Ben seinen Kollegen noch nie erlebt. Seiner 16-jährigen Tochter musste es wirklich schlecht gehen.

»Weiß man schon mehr?«

»Sie wird gerade operiert. Ich muss sofort hin.«

»Selbstverständlich. Ich fahre dich.«

»Nein … der Fall …«, versuchte Peter Neumüller einen schwachen Protest, den Ben sofort im Keim erstickte.

»Der Fall kann ein paar Stunden warten. Luna ist wichtiger. Wir lassen dein Auto stehen und fahren mit meinem. Ich bringe dich hin und bleibe, bis wir Bescheid wissen. Koloman Brugger und Regus Dorninger sind schon tot, sie können uns nicht mehr davonlaufen. Die Jungs von der SpuSi machen ihren Job. Charly kann ich später befragen. Hier können wir auch nichts mehr tun. Jetzt komm endlich!«

Ohne weitere Widerrede quetschte sich sein Kollege auf den Beifahrersitz. Ben überlegte nicht lange, stellte das Blaulicht aufs Dach und gab Gas.

Als sie in die Notaufnahme stürmten, hockte Peter Neumüllers Frau Regina mit verschränkten Armen und Beinen im Wartebereich. Beim Anblick ihres Mannes erhellte sich ihr verheultes Gesicht und ein erleichtertes Lächeln stahl sich in ihre Mundwinkel.

»Gibt's was Neues?«, rief er ihr zu, bevor er sie fest in die Arme nahm.

Da sie erst vor fünf Minuten zuletzt miteinander telefoniert hatten, war die Antwort wenig überraschend. »Nein. Sie ist immer noch im OP.«

Die beiden kannten sich seit ihrer Schulzeit, hatten jung geheiratet und drei Kinder in die Welt gesetzt. Luna war die Älteste, die beiden Jüngeren, zwei Buben, befanden sich im Augenblick bei den Großeltern, die in einem Haus am selben Grundstück lebten. Die Neumüllers waren traditionelle Mühlviertler, geradeheraus, und sie hielten zusammen. Auch ChouChou war dort, durch ihre unbeschwerte Fröhlichkeit womöglich das beste Mittel gegen Angst und Sorgen.

Regina und Peter Neumüller hockten eng nebeneinander und hielten sich an den Händen. Wie immer befiel Ben bei ihrem Anblick ein irrationaler Anflug von Neid. Zwischen die beiden passte kein Blatt Papier, die Liebe zueinander strömte ihnen aus allen Poren, genauso wie ihre Vertrautheit. Ben war ein Freigeist mit vielen Frauengeschichten und sich nicht sicher, ob er für dergleichen überhaupt geschaffen war, aber tief drinnen konnte er eine leise Sehnsucht nach etwas mehr Stabilität und einer solchen Verbundenheit nicht verhehlen.

Das war wohl auch der Grund dafür, warum ihm im nächsten Moment Marie einfiel und sofort danach Charly. Die eine, weil sie durch ihre unangekündigte

Flucht vor Jahren der Hauptgrund für sein verkorkstes Innenleben war, die andere, weil sie etwas lange Verlorenes in ihm wiedererweckte.

Seine Gedanken passten nicht im Geringsten zur Situation, dennoch waren sie da. Er konnte nichts tun, außer sie vorerst beiseitezuschieben. Möglicherweise würde der Zeitpunkt kommen, an dem er sich diesem Gefühlswirrwarr stellen musste. Im Augenblick jedoch hatte es in seinem Leben nichts verloren, umso mehr, da sich in diesem Moment die Schiebetüren zum OP-Bereich öffneten und ein klein gewachsener, korpulenter Arzt in grünem Gewand erschien, der sich den Mundschutz nach unten schob.

Drei ängstliche Augenpaare blickten in sein ernstes Gesicht. »Sie hat Glück gehabt«, legte er ohne Umschweife los, »wir konnten ihren Unterschenkel erhalten. Er war zwischen Auto und Mofa eingeklemmt. Aber sie hat viel Blut verloren und jetzt jede Menge Metall in den Knochen. Alles in allem ist sie aber stabil.«

Nichts konnte Regina Neumüller daran hindern, dem Arzt um den Hals zu fallen. »Danke«, flüsterte sie leise. »Hauptsache, sie ist am Leben, alles andere kriegen wir hin.«

Der Arzt schien einen derartigen Gefühlsausbruch des Öfteren zu erleben, denn er nahm ihn ungerührt, aber mit einem Lächeln zur Kenntnis. »Ihre Tochter wollte links abbiegen und stand vorschriftsmäßig auf der Abbiegespur, aber der Lenker hat trotz Verbot überholt, sie abgeschossen und ist danach einfach weitergerast.«

»Keine Sorge, wir finden den Feigling, und dann kann er sich auf etwas gefasst machen«, versprach Peter Neumüller.

Ben hatte keinen Zweifel daran, dass sämtliche Kollegen alle Hebel in Bewegung setzen würden. Der Unfall war am hellen Morgen passiert, wahrscheinlich mit Zeugen. Für ihn gab es hier allerdings nichts mehr zu verrichten. »Bleib bei deiner Familie, solange sie dich braucht, mein Lieber«, sagte er und klopfte seinem Kollegen freundschaftlich auf die Schulter. »Ich halte in Ischl die Stellung und mache vorerst allein weiter. Keine Widerrede!«, kam er ihm zuvor, als Neumüller aufbegehren wollte. »Regina, du sorgst dafür, dass Peter dir und Luna nicht von der Seite weicht, abgemacht?«

Dankbar nickte die Frau und umarmte nun auch Ben, sichtlich erleichtert darüber, die schwierige Situation nicht allein durchstehen zu müssen.

20 Minuten später befand Ben sich wieder auf dem Rückweg.

Inzwischen war es früher Abend. Auch wenn er mehr als eine Stunde unterwegs sein würde, wäre es bei seiner Ankunft immer noch nicht zu spät, um bei Charly Dorninger vorbeizuschauen und sie zu Manni Bruggers Anrufen zu befragen.

MARIE

Ins Balawan kemma.
Plaudern.

Als Marie die Ordination schloss, zeigte die Uhr schon nach sechs. Ihre vielen Patienten hatten sie länger als geplant aufgehalten, zudem eine italienische Touristin, die direkt vor ihrer Tür gestürzt war und sich am Arm verletzt hatte. Sie hatte den Ansturm am Nachmittag allein bewältigt, weil sie Filo gebeten hatte, bei Charly Dorninger zu bleiben. Sie musste Hannes ablösen, der zu einem Termin unterwegs war.

Bevor sie selbst hinfuhr, würde sie sich ein Glas Wasser und einen Augenblick Ruhe gönnen. Ausgelaugt lehnte sie sich ans Fenster. Wie immer um diese Zeit schoben sich Einheimische, Monarchisten, Neugierige und Feierlaunige über die Esplanade vor ihrer Ordination, heuer, im Jahr der Kulturhauptstadt, umso mehr. Touristiker sprachen von einem großen Nächtigungsplus. Bislang war ihr zu wenig Zeit geblieben, um die vielen Attraktionen zu genießen, lediglich das zauberhafte Konzert des Bruckner Orchesters in den Salinen in Ebensee und die berührende Installation der japanischen Künstlerin Chiharu Shiota im Stollen des ehemaligen Konzentrationslagers hatte sie sich nicht entgehen lassen. Die Hauptausstellung im renovierten Sudhaus, »Die Reise der Bilder«, und einige kleinere Installationen standen aber noch fest auf dem Plan.

Es wurde Zeit.

Kurz überlegte sie, den Weg zu Fuß zurückzulegen, aber es roch nach Regen, und so erschien es ihr vernünftiger, mit dem Auto zu Filo und danach nach St. Wolfgang in ihre Wohnung zu fahren. Leider würde es nichts damit werden, direkt nach ihrer Ankunft zu Hause nackt in den Wolfgangsee zu springen, denn obwohl die kleine Wohnanlage, in der sich ihr Apartment befand, die meiste Zeit im Jahr leer stand, war sie in den ersten drei Augustwochen proppenvoll. Auch vielbeschäftigte Anleger ließen sich die hochsommerlichen Reize der Gegend nicht entgehen. Würde sie halt im Bikini weit hinausschwimmen, um den Tag von sich abzuspülen.

Doch noch war es nicht so weit. Trotz der vielen Wolken am Himmel öffnete sie das Verdeck ihres neuen weißen Cabrios, das sie sich im Frühling zugelegt hatte, und fuhr los.

Nach wenigen Minuten erreichte sie Filos Bungalow, dessen Rückseite direkt an den Rettenbach grenzte, und betrat den naturbelassenen Garten. Dort fand sie ihre Sprechstundenhilfe in ein Gespräch mit Charly Dorninger vertieft. Vor ihnen stand jeweils ein Glas mit geeistem Zitronenwasser. Ein drittes, ebenfalls gefüllt, wartete bereits auf Marie.

Nach einer kurzen Begrüßung trank sie es gierig leer, ehe sie sich zu den beiden in den Schatten eines großen Wildkirschbaumes setzte.

»Wie geht es Ihnen, Charly?«

»Wäre es okay, wenn wir per Du sind?«, schlug die Angesprochene vor. »Filo und ich sind es bereits.«

Selbstredend sprach nichts dagegen.

»Ich fühle mich schon viel besser, danke. Filo und Hannes sind ausgesprochen nett zu mir. Ich kann euch nicht genug danken für all das, was ihr für mich tut.«

Seit Maries Rückkehr nach Bad Ischl zählte Charly Dorninger zu ihren Patienten. Auf Marie hatte sie immer höflich, wenn auch unnahbar gewirkt. Und nicht besonders glücklich. Mittlerweile wusste sie, warum. Ben hatte ihr in kurzen Worten von ihrem so tragisch verstorbenen ersten Mann erzählt, und von Regus, der eher ein Rettungsanker denn ihre große Liebe gewesen war. Körperlich schien sie topfit, war lediglich zu Routineuntersuchungen gekommen und einmal wegen eines Bienenstichs.

Die Frau war ihr ein Rätsel, und Marie konnte sich nicht entscheiden, ob sie sie sympathisch fand oder nicht. Sie beteiligte sich nicht am seichten Geplänkel über Blumen und Gartenpflanzen, sondern beobachtete die hübsche Kärntnerin lieber unauffällig durch ihre abgedunkelte Sonnenbrille.

Es kostete sie Überwindung, es sich einzugestehen, aber ganz tief drinnen regte sich ein hässliches Gefühl. Eifersucht.

Ohne Zweifel fand Ben Charly attraktiv. Marie kannte ihn besser und länger als jede andere und wusste seine Blicke, Gesten und Gesichtsausdrücke zu deuten. Allein an der Art und Weise, wie sich seine Pupillen weiteten und er die Augen aufriss, wenn er mit ihr sprach, ließ sich einiges ablesen. Nichts davon gefiel ihr. Und doch war sie machtlos, hatte keine Kontrolle über die Situation. Was sie beeinflussen konnte, war ihre Reaktion darauf.

Früher hätte sie spontan und emotional reagiert, doch mittlerweile fühlte es sich besser an, zunächst ruhig zu bleiben und zu atmen, eventuell eine Prise Humor einzustreuen und, sollte sich das als unmöglich erweisen, Abstand zu nehmen. Schon lange hatte sie sich nicht mehr provozieren lassen. Intelligentes Schweigen war für sie die bessere Möglichkeit, bei sich zu bleiben und ihren Werten zu folgen. Respekt. Größe. Toleranz. Selbstsicherheit. Was sie inzwischen lieber anderen überließ, waren Zynismus, unüberlegte Worte oder gar Bösartigkeit.

Auch wenn sie Ben am liebsten geschüttelt und Charly Dorninger in einen sicheren Winkel verbannt hätte, musste sie fair bleiben. Die Frau konnte nichts dafür, dass sie Ben gefiel, vielleicht war sie sich dessen nicht einmal bewusst. Wundern würde es Marie kaum, hatte die frisch gebackene Witwe doch Dringlicheres um die Ohren als das amouröse Interesse ausgerechnet jenes Ermittlers, der den Mord an ihrem Mann und den Mordversuch an ihr selbst untersuchte.

Soeben hatte Filo die junge Frau zum Lachen gebracht. Es stand ihr. Unbeschwerte Fröhlichkeit hatte Marie an ihr nie zuvor gesehen. Was die Frage aufkommen ließ, wie sehr sie den Tod ihres zweiten Mannes wirklich bedauerte. Und ob sie nicht doch mehr wusste, als sie zugab. Oder war Marie einfach nur voreingenommen und tat Charly unrecht?

Unwirsch schob sie das Knäuel im Kopf zur Seite und mischte sich in die Unterhaltung ein, die sich inzwischen um die abgelaufenen Kaisertage und die nächsten Highlights der Kulturhauptstadt drehte. Nur ein Thema würde nicht aufs Tapet kommen: der Grund, warum Charly Dorninger überhaupt hier war, und die Gefahr, in der sie schwebte. Nicht umsonst fuhren draußen Funkstreifen regelmäßige Runden.

Marie saß mit dem Rücken zum Haus. Als Charly sich mit einem Mal aufrichtete und zu strahlen begann, ahnte sie, wer gekommen war. Im nächsten Moment vernahm sie auch schon Bens Stimme, die ihnen allen einen guten Abend wünschte. Im Umdrehen erkannte sie, dass sein Blick einzig und allein auf Charly ruhte. Es tat mehr weh als vermutet. Hatte es erst ernsthafter Konkurrenz bedurft, um zu erkennen, was sie verloren hatte? Und wen sie in ihrem Leben wollte?

Nein, so simpel war es dann doch nicht.

Unbewusst nahm sie eine Schutzhaltung ein und ging erneut auf ihren Beobachtungsposten. Wenn Ben hierhergekommen war, dann nicht ohne Grund. Und der musste beruflicher Natur sein.

»Kann ich allein mit dir reden, Charly?« Seine Bitte war naheliegend. Charlys Antwort überraschend.

»Warum? Filo und Marie können alles hören. Ich habe keine Geheimnisse.«

Das bezweifelte Marie, dennoch fand sie, dass Charly das genau Richtige vorgeschlagen hatte.

»Von mir aus«, stimmte Ben, ebenfalls ganz in Maries Sinn, zu. »Warum hast du uns verschwiegen, dass Koloman Brugger dich in der Nacht, in der er ermordet wurde, angerufen hat? Und auch in der Nacht davor?«

Perplex starrte Charly ihn an. »Aber …«, suchte sie nach Worten, »das waren doch keine Telefonate. Am Freitag wimmelte ich ihn höflich ab, sagte, ich sei zu Hause und müde, wir könnten uns ja morgen mal hören. Und gestern habe ich seinen Anruf dann gar nicht bemerkt. Weder habe ich ihn also gesehen noch länger mit ihm gesprochen. Warum fragst du mich das?«

Ben ging nicht darauf ein. »Hat er erwähnt, warum er dich sehen wollte?«

Ihr Schnauben klang genervt. »In einem Zehn-Sekunden-Gespräch? Ich bitte dich!«

Marie glaubte Charly aufs Wort, und auch Ben schien besänftigt. Seine Erleichterung war unüberhörbar. Sie hatte genug davon, zum Mauerblümchen degradiert zu werden und ihrem Ex beim Flirten zuzusehen. So wie es aussah, war Ben dabei, sich endlich wieder einmal richtig zu verlieben. Dabei wollte sie ihm auf keinen Fall im Weg stehen. Er hatte wegen Marie schon genug gelitten. Abrupt stand sie auf und verabschiedete sich kurz angebunden.

Ben und Charly bemerkten es nicht, Filo jedoch schickte ihr einen langen, wissenden Blick und lächelte schief, als Marie das Gesicht verzog und die Schultern zuckte.

ERKENNTNISSE

Agrat so is.
Der Sachverhalt stellt sich exakt so dar wie vermutet.

»Regus Dorninger drohte die Pleite.«

Triumphierend blickte Tobias Kofler in die Runde. Gemeinsam mit einem der Finanzexperten des LKA hatte er in den letzten Tagen damit begonnen, das komplizierte Firmengeflecht des Unternehmers zu durchleuchten. Eine Sisyphosarbeit. Bis sich plötzlich ein entscheidender Hinweis fand. »Er stand kurz davor, am Landesgericht einen Insolvenzantrag stellen zu müssen.«

Ben, der erneut via Zoom-Call zugeschaltet war, horchte auf. »Die Peherstorfer hatte also recht. Was hätte das bedeutet?«

»Einen gläsernen Menschen. Der Insolvenzverwalter hätte sofort Zugriff auf sämtliche Konten und sein gesamtes Vermögen bekommen. Alles fällt mit hinein. Aus unserer Sicht war Dorninger bereits zahlungsunfähig, die offizielle Eröffnung des Verfahrens damit nur noch eine Formalität.«

»Das heißt, alles, was er besaß – unternehmerisch wie privat – wäre Insolvenzmasse gewesen?«

»Genau, mein Lieber«, bestätigte der IT-Experte. »Binnen Nullzeit vom strahlenden Millionär zum Pleitier, der laut Gesetz nur das hätte behalten dürfen, was – wie es heißt – für ihn und seine Familie für eine bescheidene Lebensführung nötig ist. Nichts wäre mehr geblieben von den repräsentativen und ohne Zweifel für viele beeindruckenden Statussymbolen, vom Haus, dem teuren Boot, den Autos, der Jagdhütte und den anderen Immobilien in Kitz und Co.«

Beim Zuhören schürzte Ben die Lippen und malte sich die scheußlichen Konsequenzen für den einstigen Überflieger aus. Man hätte ihn fallen lassen wie eine heiße Kartoffel und ab sofort mit Argusaugen auf die Insolvenz geschaut – Investoren, Medien, einfach alle.

Sämtliche Zahlungsflüsse aus der Vergangenheit wären durchleuchtet worden, sämtliche Finanzaktivitäten aufgeflogen. Dorninger wäre zu einer hämisch belächelten Persona non grata verkommen. Ein Albtraum für den eitlen Selbstdarsteller, das Paradies für seine Neider.

Auch Peter Neumüller, der zuvor berichtet hatte, dass es Luna besser gehe und man in Sachen fahrerflüchtiger Lenker eine heiße Spur verfolge, hatte mit gerunzelter Stirn zugehört und sprach aus, was Ben ebenfalls gerade durch den Kopf ging. »Glaubst du nicht, dass Regus das genau wusste und deshalb, wie vermutet, seine Schäfchen schon längst im Trockenen hatte?«

»Schlaues Kerlchen«, lobte ihn Tobias Kofler mit einem leisen Lächeln. »Wir gehen davon aus, dass es schwarze Konten oder vielleicht ein Gold- und Bargelddepot gibt. Letztes Jahr hat er sich jedenfalls noch eine Million auszahlen lassen. Doch was nützt ihm die? Er ist tot.«

»Könnte seine Frau davon gewusst und eventuell sogar selbst von Zahlungen profitiert haben?«

Auch das hatte Ben soeben erwogen. Wie sehr sich seine und Peter Neumüllers Gedankengänge oft glichen! »Wenn, dann stellt sich die Frage, warum sie uns bislang nichts davon erzählt hat. Unbestritten ist jedenfalls, dass ihr Wissen sie zu einer potenziellen Gefahr für Dorninger gemacht hätte. Es gab Eheschwierigkeiten. Eine Trennung in dieser prekären Situation wäre für ihn fatal gewesen. Ein Batzen-Mordmotiv. Was für unsere Theorie spräche, dass eigentlich sie das Opfer des Brandes hätte sein sollen.«

Helene Almesberger meldete sich zu Wort. »Vielleicht griff er sie in der Hütte an, und sie tötete ihn in Notwehr. Um das zu verschleiern und um womöglich an das versteckte Geld zu kommen, zündete sie hernach alles an.«

Von der Hand zu weisen war das – aus den neuen Gesichtspunkten heraus – nicht, auch wenn es Ben gar nicht schmeckte. Seine Antwort kam auch für ihn selbst viel zu heftig. »Aber wir gehen doch davon aus, dass sie unschuldig und selbst ein Opfer ist.«

Peter Neumüller rettete ihn. »Wir werden sie fragen. Aber überlegen wir weiter. Wer sonst hätte Grund gehabt, Dorninger zu töten oder sich an ihm zu rächen?«

»Eventuell ein Wiener Unternehmer, der schon letztes Jahr auf Rückzahlung seiner Investition klagte, aber das scheint eher unwahrscheinlich«, kam es prompt von Tobias Kofler. »Ein bekannter Name, sehr seriös und nicht irgendein Krimineller oder Scheich, der nicht mit sich spaßen lässt.«

»Wer weiß, ob es nicht auch bei dem unter der Oberfläche brodelte«, konterte Chefermittler Christian Franz. »Woher hast du eigentlich diese vielen detaillierten Informationen?«

»Sagen wir so, ein Tipp der Finanzprokuratur, die – als Anwältin der Republik – im kommenden Monat einen Antrag auf Insolvenz gegen Regus als Person eingebracht und damit den Stein ins Rollen gebracht hätte. Wegen Steuerschulden in Millionenhöhe. Offiziell ist das natürlich nicht, aber weil Regus tot ist, auch kein Geheimnis mehr.«

»Genauer brauche ich es gar nicht«, sagte sein Chef zufrieden.

Regus Dorninger war demnach für die Öffentlichkeit mittellos gewesen. Hätte die Obduktion nicht klar einen Mord erwiesen, hätte sogar Selbstmord im Raum gestanden.

Stellte sich die Frage, inwiefern ihnen all diese zweifelsohne hochinteressanten Neuigkeiten bei der Suche nach dem Täter von Nutzen waren. Denn noch hatte niemand, außer vielleicht seine Frau, von der drohenden Pleite Dorningers gewusst, die erst im September aufgeflogen wäre. Sollte Dorninger Schulden gehabt haben, wäre es zudem sinnlos gewesen, ihn umzubringen, bevor er sie beglichen hatte. Massive Drohungen hätten eventuell mehr gebracht.

Ben rauchte der Kopf. Er klinkte sich aus und setzte sich mit einem Häferlkaffee vor seine Hütte. Schon wieder stand Charly Dorninger im Mittelpunkt, einmal mehr, weil sie ihnen womöglich essenzielle Informationen verschwiegen hatte.

Wie wahrscheinlich war es wirklich, dass sie wegen der geplanten Trennung auf Regus' verstecktes Geld scharf gewesen war? So es überhaupt existierte. Dass sie ihn deshalb umbrachte? Sich danach selbst verletzte und in den Fluss legte? Der Anschlag mit den Wespen gar keiner gewesen war, sondern ein Ablenkungsmanöver? Wer aber hatte Koloman Brugger dann umgebracht? Charly konnte es ja nicht gewesen sein.

Nein, all das ergab keinen Sinn. Seine umherfliegenden Gedanken machten Ben verrückt. Die Schwere in seinem Herzen erst recht. Gequält schloss er für einen Moment die Augen.

Als er sie wieder öffnete, fiel ihm genau jenes Herz beinahe in die Hose. Ein Auto rollte über den Schotter vor seiner Hütte, und ausgerechnet die Ursache all seiner Verwirrung stieg aus. Blieb mit hängenden Armen und einem Ausdruck purer Freude und Verunsicherung stehen. Zauberte ein vorsichtiges Lächeln in ihr Gesicht. Und wurde im nächsten Moment umarmt, geküsst und ins Innere der Hütte gezogen.

DIE ORDINATION

Koa Schoasprachta nit.
Keinen Unsinn reden.

Manchmal bekam man bei einem Gespräch Antworten auf Fragen, die man gar nicht gestellt hatte.

Genauso erging es Marie im Moment. Ihr gegenüber saß eine reichlich zerknirschte Laura Danklmayr. Ursprünglich war sie wegen eines vereinbarten Untersuchungstermins gekommen, doch bald hatte die junge Frau begonnen, ihr Herz auszuschütten.

Wie sehr sie damit kämpfte, nach dem scheußlichen Ende der Beziehung zu Regus wohl keine Kinder mehr bekommen zu können. Dieses Detail hatten sie den Ermittlern absichtlich verschwiegen. Zwar mochte es relevant sein, aber die Männer mussten nicht alles wissen. Hinzu kamen Lauras gescheiterte Liebschaften, von denen es mittlerweile einige gab.

In der Tat hatte das Leben die junge Frau schon vor einige Aufgaben gestellt, dennoch war sie ein fröhlicher, positiv gestimmter Mensch und durchaus imstande, über ihre Traumata zu sprechen und diese so zu verarbeiten. Ihre Frisur und die vielen Tattoos und Piercings zeugten von einer Sehnsucht nach Individualität sowie einer gewissen Abgeklärtheit gegenüber neugierigen Blicken und dummen Kommentaren. Sie liebte die Natur und Sport, und sie liebte es, sich die Welt anzusehen.

Marie hatte die junge Frau und die Gespräche mit ihr von Anfang an geschätzt, denn Laura besaß trotz ihrer Jugend das Talent, selbst schlimmsten Schmerz in ruhige Worte zu gießen und dabei, oft mit selbstkritischem Humor, ihren Anteil daran zu analysieren. Die herzliche Bäckerin bemühte sich, aus ihren Erfahrungen zu lernen und deren positiven Wert zu sehen. Manchmal beneidete Marie sie um diese Charaktereigenschaft, wollte ihr selbst das doch nicht immer so recht gelingen. Schon gar nicht im Augenblick. Es fiel ihr schwer, sich auf ihre Patientin zu konzentrieren. Zu sehr hing sie ihren eigenen Überlegungen nach und kämpfte damit, ihrer widersprüchlichen Gefühle Herr zu werden.

Weshalb sie auch beinahe überhört hätte, was Laura quasi nebenbei fallen ließ. Im Grunde waren es der seltsame Tonfall und die genuschelte Aussprache, die Marie hatten hellhörig werden lassen. Als hätte Laura zwar dringend etwas loswerden müssen, es ihr aber nicht recht über die Lippen kommen wollen.

»Moment mal«, fasste sie deshalb nach, »*was* hast du gerade gesagt?«

Laura stoppte mitten im Satz. Biss sich auf die Lippen. Sah sie mit riesigen Augen an.

»Aber wieso hast du denn das nicht schon viel früher …?«

»Weil ich mir nicht sicher bin, Marie. Wie denn auch, es wäre doch vollkommen verrückt, oder? Ich meine …«

Vollkommen verrückt? Zweifelsohne.

»Und du weißt doch, wie schlecht ich sehe. Ich kann doch eine solche Anschuldigung nicht einfach in die Welt hinausposaunen.«

Marie wusste um das Besondere ihrer Freundschaft zu der jungen Frau. Was bedingte, auch in schwierigen Situationen ehrlich zu bleiben. »Aber zumindest mir gegenüber hättest du es erwähnen müssen.«

»Tu ich doch gerade. Nach ein paar Tagen Bedenkzeit. Ich schlafe kaum noch, weil ich mir die Szene immer und immer wieder vor Augen führe und in meinem Kopf herumwälze, bin total verunsichert, halte es aber nicht mehr aus. Ich bin hier, weil ich dir vertraue und hoffe, dass du mir hilfst, vielleicht auch auf eine etwas … unkonventionellere Art und Weise.«

Laura spielte wohl auf den Fall vom letzten Oktober an, bei dem Marie gemeinsam mit Filo einer alten Geschichte ihren Stempel aufgedrückt und so nicht nur Filos Adoptivsohn Hannes aus der Patsche geholfen, sondern auch einer benachteiligten jungen Frau zu ihrem Recht verholfen hatte. Nicht ganz legal, aber effektiv.

»Lass mich ein wenig darüber nachdenken, Laura«, bat sie und rieb sich das Gesicht. »Deine Geschichte ist echt starker Tobak. Wenn sie stimmt, gefährlich. Wir dürfen keine Fehler machen, weshalb wir sie zunächst besser für uns behalten. Wenn es dir recht ist, würde ich allerdings gerne mit Filo darüber sprechen, nur mit ihr. Ihre strukturierte, schnörkellose Art könnte uns helfen, einen Weg zu finden, wie wir damit umgehen.«

Laura nickte. »Passt gut für mich, Marie, danke dir.«

Obwohl das Treffen mit Filo eilte, fuhr Marie zuerst hinauf zur Rettenbach-Alm. Sie wollte mit eigenen Augen sehen, was Laura ihr vorhin geschildert hatte. An der entsprechenden Stelle am Bach angekommen, gelang es ihr kaum, ihre umhersausenden Gedanken zu bündeln. Umso mehr, weil sie, gleich auf mehreren Ebenen, Ben einschlossen.

Die Arme um die Knie geschlungen, hockte sie am Ufer und starrte ins Wasser. Am liebsten wäre es ihr im Moment, nichts mit ihrem Ex zu tun zu haben. Abstand als die sicherste Methode, ihr inneres Gleichgewicht zu stabilisieren. Doch das ging nicht. Was also blieb ihr anderes übrig als mitzuhelfen, so rasch wie möglich Licht ins Dunkel der Ereignisse und sich danach in Sicherheit zu bringen?

Letztlich war es müßig, in der Vergangenheit getroffene Entscheidungen zu hinterfragen, und zielführender, die schönen Zeiten mit Ben in liebevoller Erinnerung zu behalten, aber auch zu akzeptieren, dass sie vorbei waren. Manchmal stolperte das Leben, aber immer spielte es im Hier und Jetzt. Ihr Blick sollte sich darauf richten. Und in die Zukunft, nicht zurück.

Leichter gesagt als getan.

Schon wieder hatte sie sich von ihren eigenen Problemen ablenken lassen, statt das zu tun, weshalb sie hergekommen war. Sie bemühte sich, sich in Laura hineinzuversetzen und ihre Schilderungen nachzuvollziehen. Ihr Fazit: An Lauras Beobachtung könnte durchaus etwas dran sein.

Sie musste umgehend mit Filo reden.

BEN

An Bledsinn vazopf'n.
Etwas Dummes tun.

Ben war übel. Richtig übel. Sein mies gelaunter Magen passte so gar nicht zu dem Wunderbaren, was vorhin geschehen war, dem warmen Brennen in seiner Brust. Doch mittlerweile hatte sein Verstand wieder eingesetzt und er fragte sich, ob er komplett bescheuert war. Verrückt. Irre.

Es gab nichts daran zu rütteln. Soeben hatte er mit seiner Hauptverdächtigen geschlafen, und, viel schlimmer, es hatte sich magisch angefühlt, einfach nur großartig. Ewig verschüttete Leichtigkeit. Dass es Charly genauso zu gehen schien, erfüllte ihn mit heißer Freude.

Ebenso unbestritten wie seine Vernarrtheit war jedoch, dass sie ihn seinen Job kosten konnte. Zwar hatten beide sich mit dem Versprechen voneinander verabschiedet, niemandem von diesem Mittag zu erzählen, aber konnte er Charly vertrauen? Bei allem, was er über sie wusste? Oder eben auch nicht wusste, sondern ihr unterstellte? In Wahrheit hatte er sich ihr vollkommen ausgeliefert. Nicht nur emotional. Sein Unterleib gefährdete den ganzen Fall.

Andererseits: Noch nie seit dem schrecklichen Ende

seiner Beziehung zu Marie hatte er für jemanden empfunden, was ihn momentan überschwemmte.

Höchste Zeit, wieder in die Realität zurückzukehren.

Weil er vom Bauchnabel abwärts dachte, hatte er es versäumt, Charly wesentliche Fragen zu stellen. Wie dumm, sich so sehr ablenken zu lassen. Womöglich hatte sie doch etwas zu verbergen und lediglich versucht, ihn einzukochen. Herrgott noch mal!

Kurz überlegte er, seinem Partner den Fehltritt zu gestehen, verwarf die Idee aber sofort wieder. Peter Neumüller würde ihn zwar ohne Zweifel decken, dennoch brächte er den ehrlichen Kerl in eine unangenehme Situation, und Ben wollte ihn nicht zwingen, eventuell für ihn lügen zu müssen. Besser, er wurde vorerst allein damit fertig.

Charly wollte nach einem Termin bei ihrem Anwalt direkt zurück zu Filo fahren, um keinen Verdacht zu erregen. Was aber, wenn sie sich verplapperte oder die argusäugige Filo ihr etwas ansah? Dem war im Moment allerdings nicht beizukommen. Charly musste unter allen Umständen beschützt werden, bis der Täter dingfest war.

Peter Neumüller kündigte an, am späteren Nachmittag wieder voll einsatzfähig zu sein. Luna gehe es schon wieder besser, sie sei inzwischen auf die Normalstation verlegt worden, lache viel und bekomme laufend lustige Videos von ChouChou zugeschickt, außerdem hatten sich erste Besucher angekündigt. Das klang vielversprechend.

Beim Anziehen fragte Ben sich einmal mehr, ob sein Kollege ihn nicht schon längst durchschaute. Vieles sprach dafür. Auch das konnte er im Moment nicht ändern. Erneut schüttelte er ob seiner Unbeherrschtheit den Kopf, um sich gleichzeitig voller Freude und Begehren an die letzten wundervollen Stunden zu erinnern.

Wenn er sich nicht schleunigst zusammenriss und seinen Job von seinem Privatleben trennte, würde es fatal enden. Doch was konnte Vernunft dagegen ausrichten, dass ihm Charlys süßes Lächeln vor Augen stand, als er beim Hinausgehen einen Blick auf das immer noch zerwühlte Bett warf?

FILOS HAUS

Es loabt mas neama.
Es reicht.

Ben betrat Filos Terrasse, gefolgt von Peter Neumüller, den er zuvor vom Bahnhof abgeholt hatte.

Filo, Marie, Charly und Laura Danklmayr blickten ihnen entgegen. Letztere ängstlich, Marie grimmig, Filo neutral und Charly strahlend. Selten zuvor hatte er sich so gefreut, seinen Kollegen als Rückendeckung dabeizuhaben.

Gekommen waren sie, um Charly die längst überfälligen Fragen zu stellen. Hatte sie von den finanziellen Problemen ihres Mannes gewusst? Wenn ja, warum hatte sie das verschwiegen? Warum war eigentlich Laura Danklmayr hier? Bestimmt nicht bloß für einen Freundschaftsbesuch.

Filo begrüßte die Ermittler mit wenig Begeisterung. »Wir halten gerade ein Kaffeekränzchen ab, Ben, ist es dringend?«

»Ohne Kaffee?«, bemerkte er süffisant und deutete auf die Karaffe mit Wasser, Zitronenscheiben und Minze. Dieser Tag wartete wieder mit an die 30 Grad auf.

Ein lakonisches Schulterzucken bestätigte, dass sie in der Tat nicht willkommen waren. Zumindest nicht bei allen. Sogar Charlys Miene hatte sich nach der anfänglichen Wiedersehensfreude mittlerweile eingetrübt.

Peter Neumüller schien die merkwürdige Stimmung ebenfalls aufzufallen. Heute trug er das Souvenir einer Taco-Bar auf Mallorca. Ein stilisiertes Profil des berüchtigten Drogenbarons Pablo Escobar samt einer Abwandlung seines Spruchs *Plata o Plomo* – Silber oder Blei. Lass dich bestechen oder stirb. Auf Peter Neumüllers Brust prangte: *Taco o Plomo*.

Passte ja irgendwie.

Ben fühlte sich unwohl, und Charlys Anblick weckte schon wieder Sehnsüchte, die hier genau gar nichts zu suchen hatten, umso mehr, da Marie ihn genau beobachtete.

Wie immer hatte Filo ein ausgeprägtes Faible dafür, Ben mit Blicken zu sezieren. »Was wollt ihr? Stellt eure Fragen und geht dann wieder … bitte. Wir möchten ungestört plaudern.«

Worüber, hätte Ben brennend interessiert. Aber es war Filos gutes Recht, seine und Neumüllers Anwesenheit nur so weit zu tolerieren, wie unbedingt nötig.

»Wir haben zwei Fragen an Charly. Und zwar nur an sie.«

Deren Augenbrauen schossen nach oben. Verunsichert stammelte sie eher, als dass sie sprach. »Passt schon, Ben. Wie du weißt, dürfen die Mädels alles hören.«

Die Mädels? Aha. War man also schon so dick miteinander? Sogar Charly und Marie?

»Hast du von Regus' finanziellen Schwierigkeiten gewusst, Charly? Er stand vor dem Ruin.«

Ihr Erstaunen wirkte so echt, dass er es ihr auch ohne seine Gefühle für sie glauben wollte. »Um Himmels willen, nein. Ich … du … ich meine, Regus hat mit mir nie viel über seine Geschäfte geredet. Zuletzt haben wir über fast gar nichts mehr geredet. Davon wusste ich nicht das Geringste. Was heißt denn das jetzt? Auch für mich?«

Ihr schien zu dämmern, welche Folgen die Pleite für sie hatte. Sie stand vor dem Nichts, würde – zum zweiten Mal in ihrem Leben – alles verlieren. Das Haus. Ihr Auto. Ihren Wohlstand.

Die anderen Frauen schüttelten ungläubig die Köpfe.

Ben drehte es beinahe den Magen um, dennoch musste er weitermachen. »Weißt du von Schwarzgeldkonten? Oder Geld, das Regus ins Ausland transferierte, um abgesichert zu sein?«

»Geh, bitte«, fiel ihm jetzt Marie ins Wort, »das glaubt ihr doch selbst nicht. Wir sind doch nicht in Kolumbien«, spielte sie auf Peter Neumüllers T-Shirt an, der prompt seine Arme verschränkte und damit dem Pablo auf seiner Brust die Sicht versperrte.

»Es ist überhaupt nicht abwegig, sondern sogar wahrscheinlich.«

»Da bin ich bei dir«, gab Filo ihm überraschend recht. »Ich traue Regus alles zu. Folge der Spur des Geldes, und du hast deinen Mörder.«

Den Satz hatte er kürzlich auch an anderer Stelle gehört. »Tun wir doch längst. Wenn es etwas gibt, werden wir es finden«, sagte er mit mehr Überzeugung denn Gewissheit.

»Fassen wir zusammen«, übernahm Peter Neumüller das Kommando. »Du behauptest also, Charly, nichts von Regus' Troubles gewusst zu haben, nichts von seinen Geldflüssen und eventuellem Schwarzgeld.« Auch er schien mit dem Du für sie kein Problem mehr zu haben.

»Hat sie doch gerade gesagt«, sprang Marie in die Bresche. »Ihr habt eure Antworten. Würdet ihr jetzt bitte gehen?«

»Kannst du bitte den Mund halten und Charly für sich selbst sprechen lassen, Marie?« Selbst in Bens Ohren klang seine Bitte unhöflich.

Sie wurde puterrot. Hoffentlich war nur ihm klar, dass er gerade seine alte Freundin vor seiner neuen Geliebten zur Schnecke machte. Doch ihre unterschwellig aggressive Art hatte ihn provoziert. Seine Worte taten ihm schon wieder leid, aber er würde jetzt keinen Rückzieher machen.

Er konnte nicht anders und fixierte Charly mit einem langen Blick, den sie offen erwiderte. Er wollte ihr glauben, doch noch immer war er sich nicht sicher, ob er das sollte, ungeachtet dessen, was zwischen ihnen passiert war.

Das Versteckspiel war so unwürdig wie notwendig und dennoch dermaßen unerträglich, dass er sich lieber aus dem Staub machte, um ihm zu entkommen. Maries verletzter Blick tat ein Übriges. Überzeugt davon, dass die vier ihnen etwas Wesentliches verschwiegen, überließ Ben es Peter Neumüller, sich angemessen zu verabschieden, und trat die Flucht an. Hatte er sich eben vor aller Augen lächerlich gemacht?

Wieder im Auto, ließ er seinen Frust am Lenkrad aus. Verdammt. Verdammt. Verdammt.

Peter Neumüller kam erst zehn Minuten später, was Ben Zeit gegeben hatte, sich wieder zu beruhigen.

»Alles okay?«, fragte sein Kollege vorsichtig.

Ben winkte ab. »War noch was?«

Statt einer Antwort bekam er eine Einschätzung. »Hast du nicht auch den Eindruck, dass sie uns etwas verschweigen? Wetten, dass es mit Laura Danklmayr zu tun hat. Die weiß etwas, teilt es aber nur mit dem *Kaffeekränzchen*, nicht mit uns.«

»Wie gehen wir damit um?«

»Na, wie wohl? Wir legen uns auf die Lauer. Die Damen glauben doch nur, dass sie schlauer sind als wir. Es wird mir ein unendliches Vergnügen bereiten, ihnen das Gegenteil zu beweisen.«

Das Vergnügen hielt sich für Ben in Grenzen. Er mochte es nicht, zum Narren gehalten zu werden. Von niemandem. Und noch weniger mochte er es, sich selbst dazu zu machen.

DER HOHENZOLLER WASSERFALL

Fopp mi nit.
Nimm mich bitte nicht auf den Arm.

Schon zu Zeiten Kaiser Franz Josephs war der Hohenzoller Wasserfall ein beliebtes Ausflugsziel gewesen. Direkt vom Ort oder von der anderen Seite kommend gelangte man über einen etwa sieben Kilometer langen Rundweg um den Jainzenberg dorthin. Ein schmaler Steig zwischen kleinen und mit Blumen überwucherten Gärten führte die letzten Meter bergan bis zu einem ausgewiesenen Glücksplatz und einem Gedenk-Marterl für ein kleines Mädchen, das an dieser Stelle gestorben war.

Die beiden Spaziergängerinnen hatten sich für den Rundweg entschieden und passierten gerade jenes Denkmal, das mitten im Wald genau dort errichtet worden war, wo Kronprinz Rudolf im Jahr 1867 als Neunjähriger seinen ersten Hirsch erlegt hatte. Im Drill seiner Erziehung war auch der frühe Umgang mit Schusswaffen obligat gewesen, obwohl ihm Literatur und die feinen Künste mehr gelegen hatten.

Die Frauen hatten allerdings keinen Blick dafür, zu sehr waren sie in ihr Gespräch vertieft. Früher waren Marie und Ben oft hier gewandert, danach hatte der Weg

Marie traurig gemacht. Diesmal hatte sie ihn mit Absicht gewählt. Als eine Art Abschluss. Neben ihr trottete der Grund dafür. Eine zwar zurückhaltende, aber sympathische schlanke Brünette, etwas größer als sie selbst, ebenso ungeschminkt, mit beim Zuhören gerunzelter Stirn und ernster Miene.

Schließlich gelangten sie zum Wasserfall und setzten sich auf einen Stein. »Hier haben wir uns damals verlobt. Ben wünschte es sich so, deshalb habe ich Ja gesagt, ohne es wirklich zu wollen. Danach fühlte ich mich so unter Druck gesetzt, dass ich irgendwann ausbrach und floh. Er hat es mir nie verziehen.«

Charly Dorninger lächelte wissend. »Das Gefühl kenne ich, zumindest den ersten Teil. Nach Martins Tod ertrug ich lange keine Nähe, im Grunde bis heute nicht, aber Regus konnte sehr überzeugend sein. Ich wusste es natürlich besser, habe aber trotzdem Ja gesagt.«

»Und mit Ben ist es anders?« Marie musste es einfach wissen.

Charlys Antwort klang ehrlich. »Ich weiß es nicht. Alles, was ich derzeit sagen kann, ist, dass ich zum ersten Mal seit Langem wieder mehr für einen Mann empfinde als positive Gleichgültigkeit. Regus gegenüber blieben mir zum Schluss nur Ekel und Abneigung. Wäre ich damals nach Martins Tod nicht so betäubt und verzweifelt gewesen, hätte ich ihn nie im Leben geheiratet.«

»Was empfindest du jetzt, da er tot ist?«

»Erleichterung. Ich weiß, wie schlimm sich das anhört, aber es ist so. Es tut mir auch nicht leid. Alles, was ich anfänglich noch für ihn übrighatte, ist im Laufe der Zeit abgestorben. Ein weiterer Grund, warum ich mich vor allem zurückzog und kaum soziale Kontakte pflegte. Den Halbtagsjob bei der Bank nahm ich auch nur an, weil Regus darauf drängte und ihn mir vermittelte. Er versprach sich Vorteile davon. Aber als das mit dem Bruggers passierte … na ja …«

Nachdenklich spielte Marie mit einem Stein. Gestern hatte sie sich spontan dazu entschlossen, den Stier bei den Hörnern zu packen, und Charly gebeten, sich am nächsten Morgen mit ihr zu einer Wanderung zu treffen. Die junge Witwe hatte, ohne groß überrascht zu wirken, zugesagt.

Es gelang ihr einfach nicht, Charly Dorninger negativ zu sehen. Sie war nett. Klug. Hübsch. Und wahrscheinlich auch unschuldig. Wer konnte es Ben also verdenken, dass sie ihm gefiel? Umgekehrt betrachtet: Vielleicht war die junge Frau die Chance, Maries ewigen Teufelskreis endlich zu durchbrechen.

Zögerlich begann Charly von sich aus, über jenes Thema zu sprechen, das zwischen ihnen brannte. »Ich weiß nicht, wie es mit Ben weitergeht. Jetzt erst einmal gar nicht, weil es seinen Job gefährden würde, aber bitte sei dir gewiss, dass ich aus Respekt vor euch nichts machen würde, was dich oder ihn verletzt. Ich könnte niemals eine Beziehung auf etwas aufbauen, was noch nicht abgeschlossen ist. Ich möchte niemandem Leid zufügen, weil ich es irgendwann selbst durchleiden würde. Ich glaube fest daran, dass sich die Dinge letztlich ausgleichen.«

Was darauf antworten? Marie ging im Moment lieber

nicht darauf ein, wollte erst darüber nachdenken und ihre Gefühle sortieren. Ein simples »Danke« musste genügen und wurde akzeptiert.

»Komm, gehen wir zurück. Es ist schon spät, ich muss dringend in die Praxis«, schlug sie vor.

Wieder im Dorf Jainzen, durchbrach Marie das anhaltende Schweigen, weil ihr mehr Fragen auf der Seele brannten. »Hast du wirklich keine Idee, was passiert sein könnte? Oder wer Regus' Mörder ist und dir nach dem Leben trachtet?«

Dass die junge Witwe nicht sofort reagierte, machte Marie stutzig. »Ich zerbreche mir den Kopf darüber, komme aber auf keine Lösung.«

Log sie? Irgendwie fühlte es sich für Marie so an. Sie verzichtete auf einen Kommentar und beließ es bei einem skeptischen Seitenblick. Gab es einen triftigen Grund für Charlys … Zurückhaltung?

Aus Mangel an Gesprächsstoff glitten ihre Gedanken zurück zum Vortag. Laura Danklmayr hatte ihnen auf Filos Terrasse erzählt, was sie seit Tagen so sehr belastete. Nur Marie und Filo, Charly war erst später dazugestoßen.

»Ich war seit der Früh da und bin mir ziemlich sicher, dass jemand in der Hütte übernachtet hat. Gesehen habe ich aber niemanden. Auch kein Auto. Aber die Eingangstür war zuerst geschlossen und dann plötzlich offen. Regus kam erst später, verschwand für Stunden im Inneren. Bei unserem Krach wirkte er nervös, sah immer wieder hinter sich. Vielleicht bilde ich es mir auch nur ein, deshalb habe ich bisher nichts erwähnt.«

Außerdem gestand sie, den ominösen Schrei vor dem Brand nur erfunden und aus reiner Neugierde im Unterholz gelauert zu haben.

Ben hat dir solche Angst gemacht, kein Wunder, dass du ihm nicht alles erzählt hast, hatte Marie in Gedanken ergänzt. Lauras Beobachtung schien ihr immens wichtig. Hatte sich tatsächlich jemand in der Hütte versteckt? Womöglich sogar der Mörder? Wenn ja, musste Regus ihn gekannt und einen guten Grund dafür gehabt haben, ihn zu verbergen.

Die ersten Häuser von Bad Ischl kamen in Sicht. In diesem Moment gab Charlys Smartphone einen leisen Signalton von sich. Sie las die Nachricht, blieb abrupt stehen, starrte auf das Display. »Das gibt's doch nicht«, murmelte sie ungläubig und schien vergessen zu haben, dass sie nicht allein war.

Ein Mann in Tracht und mit Gamsbarthut konnte nicht mehr bremsen und rannte in sie hinein, worauf ihr das Telefon aus den Händen glitt und zu Boden fiel. Während der Passant sich wortreich entschuldigte, bückte Marie sich nach dem Gerät und erkannte am Screen etwas völlig anderes als das, womit sie gerechnet hatte. Keine Nachricht oder WhatsApp, sondern …

Rüde riss Charly ihr das Telefon aus der Hand. »Das gehört mir und geht dich nichts an!«

Ihr bislang so freundlicher Ton war mit einem Mal scharf und abweisend. Charly Dorninger konnte augenscheinlich auch anders. Kurz angebunden verabschiedete sie sich und war im nächsten Moment verschwunden.

AB IN DEN SÜDEN

So a G'scher.
Schwierigkeiten.

Entgeistert starrte Marie der Frau nach. Ihre Verwirrung steigerte sich, als sie hinter sich eine leise Stimme vernahm. »Was war das für eine Nachricht?«, flüsterte Ben ihr ins Ohr. Mit einem Aufschrei fuhr sie herum und rammte sein Kinn. Neugierige Köpfe drehten sich in ihre Richtung.

»Spinnst du? Wie kannst du mich nur so erschrecken?«

Er grinste und deutete auf die Neugierigen. »Weil ich keine Aufmerksamkeit erregen wollte.«

»Verfolgst du mich?« Ihre Augenbrauen zogen sich wütend zusammen.

»Seit dem Moment, als ihr euch getroffen habt.«

Sie sparte es sich nachzuhaken, ob er einen an der Waffel hatte. »Und warum?«

Ben ging nicht darauf ein. »Antwortest du mir bitte? Aus Charlys Reaktion schließe ich, dass es wichtig sein könnte.«

Endlich hatte Marie ihre Sinne beieinander und überraschte ihn mit einer Gegenfrage. »Wo steht dein Auto?«

»Am Parkplatz bei der Kaiservilla. Ich nehme an, du willst das nicht wissen, um darin mit mir zu knutschen.«

»Sehe ich so aus?«

»Nein, aber man kann ja nie wissen.«

»Wenn du dich weiterhin so blöd stellst, wirst du nie erfahren, was ich gerade gesehen habe. Und glaub mir, im Augenblick möchtest du nichts lieber. Wo ist eigentlich dein Schatten mit den schlauen T-Shirts?«

»An Charly dran. Ihr habt Geheimnisse, da dachten wir, wir tun es euch gleich.«

»Du hättest auch einfach fragen können.«

Während sie zum Auto liefen, versuchte Marie, ihre Eingebung in Worte zu fassen. »Kann sein, dass ich gerade in die komplett falsche Richtung galoppiere, aber wenn nicht, dann … egal … machen wir uns auf den Weg. Charly parkt in eurer Nähe. Könnte sein, dass ich weiß, was sie vorhat. Dort fahren wir jetzt auch hin. Gemeinsam. Keine Widerrede.«

Ben ergab sich. »Ist es weit?«

»Nicht unbedingt ums Eck, ich hoffe, du hast einen vollen Tank.«

Hatte er. Trotz der Brisanz der Lage musterte er eine Gruppe dunkelhäutiger Gäste in Dirndln und Lederhosen. Bei zwei jungen Damen sah das besonders reizvoll aus. Marie bemerkte den Blick. »Du kannst es einfach nicht lassen, was?«

Bens Auto stand im Halteverbot, Peter Neumüller lehnte missmutig an der Fahrertür. »Du hast den Autoschlüssel. Ich konnte ihr nicht folgen.«

»Also, wohin geht's?«, fragte Ben beim Einsteigen.

Marie sagte es ihm und erntete ein amüsiertes Prusten. »Donn loss mas holt amol lei kroch'n«, imitierte er einen starken Kärntner Dialekt. »Warum tamma des hiatza?«

»Sollte sich mein Verdacht zerschlagen, können wir dort zumindest einen köstlichen Zirbenen trinken. Wenn nicht, hat Charly uns einiges zu erklären.«

DIE TURRACHER HÖHE

Karntn is lei ans.
Kärnten ist einzigartig.

»In Kärnten war ich schon lange nicht mehr. Auf der Turrach überhaupt noch nie. Ohne dich wäre das auch so geblieben, Marie.« Nun allerdings musterte Ben den größten von mehreren malerischen Bergseen. »Zauberhaft!«, sagte er.

Im Winter ein kleines, feines Skigebiet an der Baumgrenze, jetzt im Hochsommer ein Paradies für Wanderer und Mountainbiker, sogar eine spektakuläre Sommerrodelbahn gab's.

Ohne Navi hätten sie das Häuschen kaum gefunden. Es befand sich am Ende eines engen Hohlwegs, etwas abseits eines ganzen Dorfes kleiner Hütten, das oberhalb des Sees inmitten eines lichten Waldstücks errichtet worden war. Die Aussicht war spektakulär. Vorhin hatten sie einige Wanderer überholt, doch auf den letzten Metern war ihnen niemand mehr begegnet.

Wohlweislich ließen sie das Auto in einer kleinen Ausbuchtung stehen und gingen zu Fuß weiter. Maries Nervosität steigerte sich ins Unermessliche, als das kleine Gebäude in Sicht kam. Im modernen alpinen Stil aus viel Holz und Glas errichtet, hätte es idyllisch wirken können, hätte davor nicht das Auto mit Gmundner Kennzeichen gestanden. Genau jenes, mit dem Charly – war es tatsächlich erst gestern gewesen? – bei Ben aufgeschlagen war.

Die beiden Ermittler warfen Marie einen anerkennenden Blick zu. »Hut ab, Frau Doktor, du hattest tatsächlich recht.«

»Die Frage ist, was oder wen wir vorfinden werden. Ich sehe nur ein Auto, nicht zwei«, mahnte Ben zur Vorsicht. »Wo ist der Van? Und mit wem trifft sie sich?«

»Ich bezweifle, dass sie das tut. Sie war vollkommen überrascht, als sie die SMS von der automatischen Abbuchung bekam. Freiwillig ist sie nicht hier.«

Die SMS, die Charly Dorninger dermaßen aus der Fassung gebracht hatte, war eine Benachrichtigung der automatischen Streckenmaut an der Mautstelle St. Michael auf der Tauernbahn gewesen. Ihr altes Auto, der Van aus der Garage, hatte sie bei der Ausfahrt aktiviert. Erst gestern hatte Charly ihnen erzählt, wie peinlich ihr das Wunschkennzeichen – CHARLY 1 – immer gewesen war, weshalb sie den Wagen schon lange nicht mehr benutzte. Jemand musste ihn genommen und damit in Richtung Süden gefahren sein. Die einzig logische Person, die dafür infrage kam, war aber tot. Regus.

Bei ihrer Wanderung heute Vormittag hatte Charly Marie unter anderem auch von dem Haus auf der Turrach vorgeschwärmt und davon, wie sehr sie die Gegend und die Berge liebte. Nirgendwo fühle sie sich mehr zu Hause. Nach deren erschrockenem Aufbruch hatte

Marie eins und eins zusammengezählt. Natürlich war auch anderes denkbar gewesen, aber die Wahrscheinlichkeit, dass sie hierherkam, hatte bestanden.

»Wir teilen uns auf«, entschied Ben. Marie, du bleibst in Deckung. Ich umrunde das Haus und sehe nach, ob ich durch die Fenster etwas entdecken kann. Du, Peter, beobachtest den Eingang. Sollte mich jemand sehen und die Flucht ergreifen, kannst du ihm den Weg abschneiden.«

Geduckt ging er los. Völlig unpassend warf die Sonne zauberhafte Muster durch die Äste auf den weichen Waldboden. Es roch intensiv nach Holz und Moos.

Ruhig und still lag das kleine Gebäude im Halbschatten der Bäume. Außer dem Surren von Insekten war kein Laut zu hören. Marie vergaß beinahe zu atmen, und auch Peter Neumüllers Nerven schienen blank zu liegen. Als es ein paar Minuten später im Unterholz knackte, zuckte er heftig zusammen und tastete hektisch nach seiner Waffe.

Zu ihrer Erleichterung war es Ben, dessen Gesicht hinter einem Baumstamm auftauchte. »Nichts zu sehen, die Vorhänge und Jalousien sind zu«, fasste er die Lage zusammen. »Also Plan B. Er zückte sein Telefon und wählte Charlys Nummer. Zugleich mit dem Freizeichen ertönte irgendwo gedämpft ein Klingelton. Marie erkannte es als Erste. »Sie hat ihr Handy im Auto liegen lassen.«

»Willkommen zu Plan C«, brummte Peter Neumüller, aber seine Stimme kiekste. »Ich gehe, du gibst mir Deckung.«

»Sei bitte vorsichtig. Direkt hinter dem Haus geht's steil nach unten. Sollte jemand flüchten, muss er vorne raus oder seitlich durchs Fenster. Wir müssen auf alles gefasst sein.«

Marie verzichtete darauf, ihre Hilfe anzubieten. Sie würde den Polizisten nur im Weg sein und sich womöglich sogar selbst gefährden. Aber sie würde keine Sekunde zögern, einzugreifen, sollten Ben oder Peter Neumüller in Gefahr geraten.

Mit einigen schnellen Schritten war der stämmige Polizist an der Tür und klopfte ein paarmal kräftig dagegen. Lauschte. Klopfte noch einmal. Im Inneren des Hauses blieb alles ruhig. Zu ruhig. Probehalber drückte er die Klinke nach unten. Wie durch Zauberhand schwang die Tür nach innen auf. Hallo? Ist hier jemand?«, rief er. »Ich brauche Hilfe! Darf ich hereinkommen?«

»Wenn du das machst, haben wir ein kleines sicherheitstechnisches Dilemma«, flüsterte Ben.

Nach weiteren untätigen Sekunden warf Peter Neumüller einen auffordernden Blick über seine Schulter, hob seine Waffe und verschwand im Halbschatten.

Für Ben gab es kein Halten mehr. »Echt jetzt? Der kann doch nicht allein da reingehen …«

Schon im Laufen zückte er seine eigene Pistole. Was sie hier abzogen, war alles andere als streng nach Vorschrift.

Vor lauter Anspannung drehte Marie sich buchstäblich im Kreis. Obwohl sie wusste, dass es ein Fehler war, sprang auch sie aus ihrer Deckung, bewaffnet mit einem dicken Ast, der am Boden gelegen hatte. Sollte es bloß keiner wagen, sich mit ihr anzulegen! Den Knüppel gefechtsbereit in Augenhöhe, näherte sie sich der

Tür. Holte unschlüssig Luft. Ließ sie langsam entweichen, um sich zu beruhigen.

Im Unterholz raschelte es. Voller Panik fuhr sie herum und zerschnitt die Luft mit dem Ast, denn zu sehen war niemand. Dennoch hatte sie den Eindruck, beobachtet worden zu sein. Mit zusammengekniffenen Augen musterte sie die grüne Wand. Machte einige zögerliche Schritte. Schauderte, als sie plötzlich Bens Stimme vernahm. Laut und dringlich.

»Marie?« Ein weiterer Unterton schwang mit. Angst. »Hörst du mich? Komm schnell. Bitte.«

Sie ließ den Ast sinken. Warf einen weiteren Blick in Richtung Wald, der sich mit einem Mal anders anfühlte. Nicht mehr so bedrohlich.

Sie betrat einen Vorraum, der direkt in einen großen Wohnbereich samt Küche überging. Gedämpftes Licht drang durch die geschlossenen Vorhänge, Staub flirrte. Ben kniete am Boden. Vor ihm lag eine reglose Gestalt. An ihren Füssen erkannte Marie genau jene blauen Wanderschuhe, die vor nur wenigen Stunden neben ihr hergelaufen waren. Charly Dorninger lag auf dem Bauch, das Gesicht seitlich in den Holzboden gedrückt. An ihrem Hinterkopf klaffte eine tiefe Wunde, darunter breitete sich eine Blutlache aus.

Mit routinierten Handgriffen untersuchte sie die junge Frau. »Sie lebt. Noch. Ich werde versuchen, sie zu stabilisieren. Peter, hol meine Notfalltasche aus dem Auto. Wir dürfen keine Sekunde verlieren!«

Bei den Worten *Sie lebt* war Bens Kopf voller Hoffnung in die Höhe geschossen. Flossen ihm tatsächlich

Tränen über die Wangen? Marie ignorierte das schneidende Gefühl in ihrer Brust und sah ihn auffordernd an. »Und du ruf, statt zu heulen, lieber den Rettungsheli! Auf keinen Fall dürfen wir zulassen, dass der Scheißkerl sein Ziel doch noch erreicht, wer immer er auch ist.«

HEIMFAHRT

Vagödsgotttausendundoamoiauffiinhümmöundwiedaowi!
Danke.

Sie fuhren gemächlich zurück. Mittlerweile war es beinahe Mitternacht. Bedrückt hing jeder seinen Gedanken nach.

Vor ein paar Stunden war Charly mit dem Rettungshubschrauber ins Landeskrankenhaus nach Klagenfurt geflogen worden. Ben hatte zugestimmt, nach Ischl mitzukommen, allerdings war ihm anzusehen, dass er lieber an der Seite seiner Geliebten in die Kärntner Landeshauptstadt gefahren wäre. Wieder ein Stich, gegen den Marie nichts anderes tun konnte, als sich abzuwenden und mit trüben Augen aus dem Fenster zu starren.

Es hatte gedauert, bis die Spurensicherung vor Ort gewesen war. Auch zwei Kriminalbeamte aus Klagenfurt hatten sich später dazugesellt. Nachdem Ben sie ins Bild gesetzt hatte, hatten sie sich kooperativ gezeigt und versprochen, sie am Laufenden zu halten.

Inzwischen war klar, dass es im Haus Fingerabdrücke von zumindest vier Personen gab. Charlys hatten sie bereits identifiziert. Jene der Putzfrau aus dem Hüttendorf würden sie in den nächsten Stunden bekommen.

Die von Regus, der ja auch hin und wieder dort gewesen war, mussten ebenfalls erst noch mit den Abdrücken aus seinem Haus am Traunsee abgeglichen werden. Die vierten gehörten womöglich dem Täter.

Vom verschwundenen Van mit dem Wunschkennzeichen fehlte jede Spur. »Die Haushälterin meint, nicht bemerkt zu haben, dass der Wagen nicht mehr da war.«

»Wer kommt denn auf die Idee, ausgerechnet Charlys alten Van zu klauen?«, wunderte sich Marie.

»Wer sagt denn, dass er geklaut wurde?«, gab Peter Neumüller zurück. »Vielleicht hat Charly ihn jemandem zur Verfügung gestellt. Womöglich unserem Täter, der sich damit absetzen wollte. Es würde erklären, warum sie so erstaunt war zu sehen, dass er damit nach Kärnten fuhr.«

Das schien die brauchbarste Erklärung zu sein, auch wenn sie Ben nicht gefiel. Er wechselte auffallend schnell das Thema. »Diese Ermona Nagy haben wir uns eigentlich auch nie näher angesehen, oder?«

»Sie ist in meiner Patientenkartei, stammt ursprünglich aus Ungarn«, mischte Marie sich ein, »war aber nur ein einziges Mal bei mir, und das ist lange her. Ich erinnere mich nur deshalb an sie, weil sie einen ungewöhnlichen Vornamen und ein, na ja, frauenspezifisches Problem hatte.«

»Könntest du bitte weniger in Rätseln sprechen?«

»Sorry, Schweigepflicht. Nur so viel, sie hatte damals einen anderen Job, bei dem sie hin und wieder unbekleidet zu Diensten war.«

»Du meinst …?«

Marie zuckte mit den Schultern. So sprach sie zwar nichts laut aus, aber sagte doch alles.

Peter Neumüller schien sich eine geistige Notiz zu machen. Die Ermittler würden die Putzfrau überprüfen. »Vielleicht zeigen uns die Kameras von der Verkehrsleitstelle etwas«, sagte er. »Die Auswertung haben wir ja schon am Nachmittag angefordert. Schließlich ist der Zeitpunkt, an dem der Van erfasst wurde, genau bekannt. Aber ob es uns der Täter so einfach machen wird …«

Die Fahrt zog sich wie Kaugummi. Zum Glück hielt sich der Verkehr um diese Uhrzeit in Grenzen. Zu Beginn des Sommers hatte die Baustelle bei Pass Lueg schon einmal einen 29 Kilometer langen Stau verursacht.

Kurz vor Ischl meldete sich einer der Klagenfurter Kripo-Beamten über die Freisprechanlage. »Frau Dorninger ist so weit stabil. Die Hirnschwellung macht den Ärzten Sorgen. Der Schlag war massiv. Ihre Verdächtige hat aber einen harten Schädel und viel Glück.«

Marie fragte sich, warum Charly sich nach der SMS in solche Gefahr begeben hatte. Wen hatte sie erwartet zu treffen oder, besser gesagt, mit ihrem Auftauchen überrascht? Peter Neumüllers Gesichtsausdruck ließ ähnliche Überlegungen vermuten. Ben am Steuer schien nichts von alldem zu bemerken, sondern wirkte erleichtert, seine neue Freundin am Leben zu wissen. Vernebelten ihm seine Gefühle dermaßen das Hirn, dass er das Wahrscheinliche nicht erkannte? Dass Charly ihr eigenes Süppchen kochte und genau wusste, wer hinter den Verbrechen steckte?

LKA LINZ

Raatschbeil.
Verräter.

Weil es auch in Bad Ischl im Moment keine neuen Erkenntnisse gab, hatten die Ermittler Marie gegen zwei Uhr früh bei ihr zu Hause abgesetzt und waren danach noch bis Linz durchgefahren, eine Strecke von fast zwei Stunden.

Entsprechend gerädert schauten Peter Neumüller und Ben gegen zehn Uhr aus der Wäsche, als sie sich zur Morgenbesprechung in den schon voll besetzten Raum drängten. Ben hatte sich mit einer Halblitertasse Milchkaffee bewaffnet und registrierte grinsend den winzigen Espresso in den Pranken seines Partners.

»Aus Klagenfurt gibt es nichts Neues. Die Ärzte meinen, Frau Dorninger wird zumindest noch heute im künstlichen Tiefschlaf bleiben. Vergesst vorerst ihre Aussage darüber, wer versucht hat, sie umzubringen.« Dino Cortone lehnte sich zurück.

»Hat sich die ASFINAG schon wegen der Verkehrskameras gemeldet?«, wollte Peter Neumüller wissen.

»Ja, vorhin«, bestätigte Tobias Müller. »Da gibt's leider schlechte Neuigkeiten. Die Person wurde zwar bei der Durchfahrt erfasst, trug aber einen Hoodie und Sonnenbrille, ist also nicht zu erkennen. Wäre auch zu schön gewesen. Mir ist nicht klar, warum er überhaupt die Autobahn genommen hat statt der Bundesstraße über Obertauern. Es wäre schneller gewesen, und das Risiko, erwischt zu werden, hätte bei null gelegen. Ein blöder Fehler.«

»Vielleicht auch nicht«, sagte Ben kryptisch.

Peter Neumüller verstand sofort. »Du meinst, er hat Charly absichtlich hingelockt?«

»Was sonst? Ihr nicht mehr benutzter Van löst die Streckenmaut aus, auf dem Weg zu einem Ort, den außer ihr und ihrem toten Mann niemand kennt. Was würdest du denken?«

»Ich würde an tote Geister glauben.«

»Geister sind schon tot, sonst wären es keine, mein Lieber.«

Peter Neumüller streckte ihm die Zunge heraus. »Die Frage ist, wer wirklich vom Chalet und vom Van wusste. Und wer hatte Zugriff auf die Schlüssel? Die Putzfrau stellt sich dumm. Ich freue mich schon auf das Gespräch mit der.«

Christian Franz, der sich bisher stumm an seiner Teetasse festgehalten hatte, mischte sich ein. »Es *muss* noch jemanden geben.«

Ratlos sahen sich die Ermittler an. Was übersahen sie? An wen hatten sie bisher nicht gedacht?

»Hat die Fahndung nach dem Van schon etwas ergeben?«, versuchte Helene Almesberger einen Ansatz.

»Nein. So dumm ist der Täter nicht. Wahrscheinlich finden wir bald ein ausgebranntes oder versenktes Wrack ohne verwertbare Spuren. Dafür hat er ja ein Faible.«

Sie drehten sich wieder einmal im Kreis. Vor lauter Müdigkeit hatte Ben Probleme, sich zu konzentrieren. Sein Chef sah es ihm an. »Entweder gehst du jetzt heim und haust dich ein wenig aufs Ohr, oder du machst es hier im Bereitschaftsraum. Ich brauche dich fit, sobald sich etwas tut.«

Ben nickte ergeben. »Sofort nach der Sitzung, versprochen.«

Warum wirkte Peter Neumüller deutlich fitter? Er hatte doch genauso wenig geschlafen. Am heutigen T-Shirt konnte es nicht liegen. In weißen Lettern auf blauem Grund prangte ein besonders passender Spruch: *Eines muss ich meiner Müdigkeit lassen: Kondition hat sie.*

Beinahe hätte Ben – ob des Anblicks seines Kollegen – Tobias Koflers nächsten Satz überhört.

»Auf den Abgleich der Fingerabdrücke aus der Hütte auf der Turrach warten wir auch noch. Übermittelt worden sind sie schon. Insgesamt wurden vier unterschiedliche gefunden. Es könnte ein wenig dauern, weil wir erst Vergleichsabdrücke organisieren müssen.«

Helene Almesberger rieb sich tatendurstig die Hände. »Ich mache mal einen Backgroundcheck zur Haushälterin. Irgendetwas findet sich immer. Vielleicht weiß sie doch mehr und hat es bisher für sich behalten. Mal sehen, wer schneller ist: ich mit dem Spurenfinden oder ihr mit dem Ausschlafen.«

Ben war nach Hause gegangen und wachte nach zwei Stunden unruhigen Dahindösens mit einem Riesenhunger auf. Eine schnelle Überprüfung des Kühlschranks ergab gähnende Leere, ein schnelles Telefonat mit Peter Neumüller, dass sich in seiner Abwesenheit nichts ereignet hatte.

Die Stadt glühte, die kurze Abkühlung war vorbei. Schon bahnte sich die nächste Hitzewelle an. Nicht umsonst war man in vergangenen Tagen – wie auch schon im 19. Jahrhundert – zur sprichwörtlichen Sommerfrische ins Salzkammergut gefahren. Ben fragte sich, wie die 35 Grad sich damals für die Damen der feinen Gesellschaft im engen Korsett angefühlt haben mussten.

Sein Magen knurrte. Die Eier auf dem Regal waren gerade erst abgelaufen, genauso wie der Sauerrahm im Kühlschrank. Eine schnelle Eierspeis war drin. In einer Pfanne ließ er einen Klecks Butter mit Rahm, Kümmel, Essig und Salz aufsieden und schlug vier Eier hinein. Fertig. In Ermangelung von Brot mussten altbackene Kartoffelchips reichen. Mit wenigen Bissen schlang er die kulinarische Katastrophe hinunter. Immerhin füllte sie den Magen. Warum bloß hatte er jetzt Gusto auf Leberschädel – eine überaus deftige Hauptspeise, nach deren Genuss sogar Peter Neumüller mit seinem Saumagen nicht so ohne Weiteres zur Tagesordnung übergehen würde?

Er schob seine abstrusen Essensgelüste auf sein durcheinandergewirbeltes Seelenleben und beschloss, zurück nach Bad Ischl zu fahren. Etwaige Ergebnisse würden auch dort den Weg zu ihm finden.

Peter Neumüller versprach fernmündlich, morgen zeitig in der Früh ins Auto zu steigen. »Wir sind gerade auf dem Weg zu Luna. Verrate es niemandem, aber wir versuchen, ChouChou hineinzuschmuggeln. In einer Tasche. Hoffentlich bellt der blöde Köter nicht das ganze Spital zusammen.« Die Liebe zu Luna machte für Peter offenbar jede Peinlichkeit erträglich, sogar den Rausschmiss aus einem Krankenhaus. Hauptsache, es gelang ihm, Luna ein Lächeln ins Gesicht zu zaubern. Dem allseits heiß geliebten »blöden Köter« würde das im Handumdrehen gelingen.

Einmal mehr hockte Ben sich am Abend mit einem Bier vor die Hütte und starrte in die Sterne. Die Sonne, hatte er gehört, war im Augenblick aktiv wie lange nicht. Womöglich würde er in der Nacht Polarlichter sehen. Oder Perseiden. Falls ihm nicht zuvor die Augen zufielen. Fix und fertig war gar kein Ausdruck für seinen Zustand, obwohl er untertags gerastet hatte.

Seine Gedanken glitten zu der jungen Frau auf der Intensivstation in Klagenfurt. Wie es ihr wohl gerade ging? Was würde er dafür geben, jetzt mit ihr sprechen zu können. Ihre Stimme zu hören, die ihm versicherte, dass es ihr gut ging und dass … Ja, was? Sie ihn vermisste? Ihn mochte? Sich eine Zukunft mit ihm vorstellen konnte?

Nein. Trotz allem. Weder war er so dumm, das Kapitel aufzuschlagen, ehe der Fall abgeschlossen war, noch, sich zu viele Hoffnungen zu machen. Zunächst musste er ihre undurchsichtige Rolle klären und ob sie nicht von Anfang an gelogen hatte. Sehr wohl hatte er auf der Heimfahrt Maries skeptischen Blick im Nacken gespürt und die verstohlenen Seitenblicke seines Kollegen.

Überhaupt: Marie. Wie stand er im Augenblick zu ihr? Verschwunden war jedenfalls dieses herzbeengende Gefühl der letzten Jahre. Er erinnerte sich an einen Satz, den Charly an jenem wundervollen Vormittag zu ihm gesagt hatte. »Ich bin nicht deine Therapeutin, aber ich kann dir helfen, dich selbst zu heilen.« Es schien etwas dran zu sein.

Am Morgen wurde Ben von heftigem Donnergrollen geweckt. Dieser Sommer war ein wilder Mix aus großer Hitze und heftigen Gewittern. Immer schön abwechselnd. Vernünftig war es nicht, dennoch zog er seine Laufsachen an und trabte los, mitten hinein in die tobende Natur. Die Front war durch und damit die gefährlichen Böen, dennoch mied er den Wald und wählte lieber die Straße, lief bergan, bis sie an einem Parkplatz endete, und kehrte um. Zwar würde es dem Regen nicht gelingen, das Durcheinander in seinem Inneren wegzuspülen, aber er beruhigte ihn.

Ausgepowert und völlig durchgeweicht langte er zu Hause an und beschloss, nach einem Kaffee und einer heißen Dusche direkt zu Ermona Nagy zu fahren. In einem kurzen Telefonat gestern hatte sie bestätigt, ab acht Uhr früh in der Villa auf Ben zu warten. Trotz der Ereignisse sei es ihr Job, zumindest zweimal die Woche nach dem Rechten zu sehen. Er hatte ihr absichtlich nichts von den jüngsten Entwicklungen erzählt.

Per WhatsApp informierte er Peter Neumüller über sein Vorhaben, der sofort zurückrief und meinte, schon auf dem Weg zu sein. Er habe nicht schlafen können und die halbe Nacht über dem Fall gegrübelt. Jetzt stehe er gerade an einer Autobahnraststation und gönne sich eine Leberkässemmel zum zweiten Kaffee. »Schließlich muss ich an der Vergrößerung meiner erotischen Nutzfläche arbeiten.«

»Du hast die gleichen Macken wie ich.« Ben grinste eingedenk der holzigen Chips zur Eierspeis voller abgelaufener Zutaten von gestern.

»Macken? Das sind unsere Special Effects, Alter. Gib mir eine halbe Stunde, dann bin ich in Traunkirchen.«

»Me too«, bestätigte Ben dann doch froh, den scharfsinnigen Kollegen an seiner Seite zu wissen, wenn er die Haushälterin mit dem Geschehenen konfrontierte – und mit dem, was Helene Almesberger bei ihren Recherchen herausgefunden und ihm noch in der Nacht schriftlich übermittelt hatte.

TRAUNKIRCHEN

De Flietsch'n mit da Fotzbletz'n.
Das leichte Mädchen mit der Fieberblase.

Das elegant verschnörkelte Eingangstor zur Villa war bereits geöffnet. In der Einfahrt parkte der unauffällige blaue Wagen der Haushälterin. Neben einigen Kratzern prangte am linken hinteren Kotflügel eine große Delle.

Sie selbst öffnete in weißer Hose, T-Shirt und Gummihandschuhen. Wieder hatte sie ihre langen Haare zu einem wackeligen Dutt zusammengefasst. Ein leichter Schweißfilm zeugte davon, dass sie bereits bei der Arbeit war.

»Bitte schön«, begrüßte sie die Ermittler schüchtern und gab den Weg frei. Wegen Maries Bemerkung musterte Ben im Vorbeigehen unauffällig die blühende Fieberblase auf ihrer Oberlippe.

Im Wohnbereich standen ein Staubsauger, ein Dampfbodenreiniger und eine Leiter. In der Tat schien die Haushälterin ihren Job weiterhin ernst zu nehmen. »Möchten Sie Kaffee?«

Ben winkte ab. »Charly liegt erneut im Krankenhaus, Ermona«, fiel er mit der Tür ins Haus und sprach sie absichtlich mit dem Vornamen an.

Sie zuckte zusammen. »Schon wieder? Was ist diesmal passiert? Geht's ihr gut?« Genau die drei Fragen, die eine tatsächlich erschrockene Betroffene zu stellen hatte, um glaubwürdig zu wirken.

»Sie wurde brutal niedergeschlagen. Im Haus auf der Turrach in Kärnten.«

»Kärnten? Was für ein Haus? Wo ist das?« Auch diese Reaktion schien echt. Ermona Nagy hatte offenbar nichts davon gewusst.

»Davor stand der verschwundene Minivan«, flunkerte er.

»Oh. Aber … Wie kann das sein?«

Hatte Ben soeben ein verräterisches Zucken um Ermonas Augenbraue bemerkt? »Eine gute Frage. Haben Sie eine Erklärung dafür?«

Wieder dieses Zucken. Sie wusste definitiv etwas. »Haben Sie uns etwas zu sagen, Ermona?«, machte er Druck.

Ihre Augen wurden wässrig. »Es tut mir so leid«, platzte sie heraus. »Ich war dermaßen geschockt über alles, was passiert ist, und kopflos. Ich durfte den Wagen hin und wieder zum Einkaufen nutzen. Es kann sein, dass ich vergessen habe, den Autoschlüssel abzuziehen.«

Beinahe konnte das Häuflein Elend einem leidtun. »Kann sein oder war so?«

»War wohl so. Der Van stand vor dem Tor, bloß weil ich zu faul war, ihn korrekt in die Garage zu parken. Es ist meine Schuld, dass er gestohlen wurde. Wie soll ich das je wiedergutmachen?« Sie schien sich ehrlich zu schämen.

An einen Zufallsdieb glaubten die Ermittler nicht, aber vielleicht hatte der Täter sich ein nützliches Gefährt beschafft, um Charly auf der Turrach ohne Zeugen ein für alle Mal verschwinden zu lassen. Ohne Maries Aufmerksamkeit, als die SMS kam, wäre ihm das auch gelungen. Niemand hätte sie in Kärnten vermutet. Der Van hätte als gestohlen gegolten. Man wäre wohl tatsächlich von einem Gelegenheitsdieb ausgegangen. Schlau eingefädelt, aber letztlich erfolglos. Aber von wem? Und warum?

»Wie sind Sie eigentlich zu diesem Job gekommen, Ermona?«, streute Ben seine nächste wichtige Frage wie zufällig ein.

Prompt zog die junge Frau erneut Farbe auf. »Warum stellen Sie mir diese Frage?«

In Bens Schweigen lag die stumme Aufforderung, die Ermittler nicht für dumm zu verkaufen.

Ergeben senkte sie den Kopf. »Sie haben mich überprüft und sind auf die Registrierung gestoßen, nicht wahr?« Als wiederum keine Antwort kam, sprach sie weiter. »Also gut. Ich habe Regus im Laufhaus in Bad Ischl kennengelernt. Er war dort Stammkunde.«

»Wusste Charly das?«

»Natürlich nicht.«

»Wie lange ist das her?«

»Etwa ein Jahr. Ich war nicht lange dort, nur ein paar Monate, habe auf eigene Rechnung gearbeitet, bin aber schon länger weg. Jetzt möchte ich ein Nagelstudio aufmachen, deshalb bat ich ihn vor ein paar Wochen darum, mir finanziell und gegen eine Firmenbeteiligung zu helfen. Er meinte, ich solle es mir verdienen, er brauche gerade eine Putzfrau. Später würde man weitersehen.«

»Waren Sie ihm, sagen wir so, auch in Ihrem neuen Job zu Diensten?«

Wieder senkte sie den Kopf. Bestätigung genug. Hatte Charly mit ihrem feinen Gespür auch das gewusst? Womöglich war es ihr sogar recht gewesen, dass jemand anders Regus' Bedürfnisse befriedigte, nachdem sie keine Lust mehr dazu gehabt hatte. Warum sonst hätte sie Ermona in ihrem Haus tolerieren sollen? Punkte, die sie ihnen bisher ebenfalls erfolgreich verschwiegen hatte.

»Und Ihr Mann?«

»Mein *Freund*. Der arbeitet doch rund um die Uhr in der Bar und kriegt nichts mit.«

»Kennt er Ihre Vergangenheit? Und wusste er von Ihrem Arrangement mit Herrn Dorninger?«

»Ich bitte Sie. Wir sind erst seit ein paar Monaten zusammen, das war nach meiner Zeit im Laufhaus. Haben uns in seiner Bar kennengelernt. Ich mag ihn, er ist nett.«

Unterschätzen durfte man diese Frau keineswegs. Sie war intelligent und hatte gelernt zu überleben.

Als sie sich eben von ihr verabschieden wollte, läutete Bens Telefon.

Die Neuigkeit explodierte wie ein Feuerwerk.

FINGERABDRÜCKE

Ha?
Wie bitte?

»Die Fingerabdrücke stimmen nicht überein.«

»Welche?«

»Noch mal zum Mitschreiben«, sagte der Kollege aus dem Labor, dessen Namen Ben sich nicht merken konnte. »Der Teilabdruck auf der Zahnbürste aus der Villa am Traunsee stammt nicht von Regus Dorninger. Mir kam schon bei der ersten Untersuchung komisch vor, dass die Bürste so gut abgewischt worden war. Wer macht das schon? Weil aber die DNA von Bürste und Leiche übereinstimmte, haben wir die Abdrücke erst gar nicht verglichen. Ein blöder Fehler. Als gestern die Anfrage um einen Abgleich der Fingerabdrücke aus der Hütte in Kärnten mit welchen von Dorninger kam, hab ich gleich den von der Bürste genommen. Wie gesagt, sie passen nicht zusammen.«

Ben war sich nicht sicher, die umständliche Erklärung richtig verstanden zu haben. »Warte, bitte. Behauptest du gerade, die DNA von der Zahnbürste ist nicht jene der Leiche?«

»Nein, Ben. Falsch. Die DNA von Zahnbürste und Leiche stimmt schon überein, nicht aber der Fingerabdruck von der Zahnbürste mit jenen von Regus Dorninger aus dem Haus. Und ich *behaupte* es nicht nur, es ist eine Tatsache.«

»Aber … das hieße ja …«

»Genau«, nahm der Forensik-Experte ihm die Worte aus dem Mund. »Deine Brandleiche von der Rettenbach-Alm ist definitiv *nicht* Regus Dorninger.«

Das musste erst einmal sacken.

Zum Glück hatten sie sich vorhin rasch von Ermona Nagy verabschiedet und das Gespräch im Auto angenommen. Peter Neumüller stand nach wie vor der Mund offen.

»Lässt … sich herausfinden, wem sie zuzuordnen sind – und wer damit unser tatsächliches Opfer ist?«, stammelte Ben.

Der Experte schien die Verwirrung seiner Kollegen zu genießen. »Wir lassen sie gerade durch den Computer laufen. Bisher kein Treffer. Sobald wir etwas haben, melden wir uns.«

»Na, serwas«, fand Peter Neumüller endlich seine Stimme wieder. »Das schreit nach einem Schnaps.« Selbstverständlich meinte er das bildlich. Oder?

Ben kämpfte immer noch mit den Neuigkeiten. Und um einen klaren Kopf. Harter Alkohol würde dabei nicht helfen. »Alles auf Anfang«, versuchte er eine erste Orientierung. »Was kann das bedeuten?«

»Äh … Zunächst, dass …«

»Stopp. Nicht hier. Fahren wir ein Stück. Ich brauche ein paar Augenblicke, um das auch nur ansatzweise auf die Reihe zu kriegen. Okay?«

»Passt schon.« Wie immer war Peter Neumüller unkompliziert. »Aber ich denke leichter, wenn ich zum Beispiel ein alkoholfreies Bier vor mir stehen habe. Und viel geschmierter arbeiten meine Gehirnwindungen mit einem – oder zwei – Paar Würsteln.« Der Mann war einfach unverwüstlich.

Ben überlegte kurz, fing dann an zu grinsen. »Weißt was, ich habe gerade eine Idee. Ist vielleicht ein wenig schräg, aber warum nicht?«

RIVERWAVES

Pfitatsmigod!
Ach du lieber Scholli!

Geschickt hechtete der Surfer im Neopren auf sein Brett und ritt die Welle ab. Nach 30 Sekunden ließ er sich ins Wasser fallen und trieb flussabwärts. Schon war der Nächste dran. Die Schlange war lang. Vergnügt lachende Gesichter mischten sich unter ehrgeizig verzerrte, die unbedingt die maximal erlaubte Zeit am Board durchzuhalten gedachten.

Aus einem Lautsprecher ertönte chillige Musik, fröhliche Menschen aller Altersstufen saßen auf Bänken, großen Steinen oder im Gras und genossen das Schauspiel.

Wie versprochen hatte Peter Neumüller sein Bier bekommen. Auch Ben gönnte sich eines. Warum nicht? Selbst wenn alkoholfrei nicht ganz ohne Alkohol bedeutete. Sie hatten sich etwas abseits im Schatten eines Baumes auf zwei Liegestühle gesetzt und beobachteten stumm die Versuche der Sportler, ihre Boards zu kontrollieren.

»Nettes Plätzchen für ein ernstes Gespräch«, konstatierte Peter Neumüller, schob sich den Rest der zweiten Käsekrainer in den Mund und spülte mit einem großen Schluck nach. Er hatte seine Hose hochgekrempelt und präsentierte der Welt seine blendend weißen, stämmigen Waden.

»Ist ein paar Jahre her, da haben findige Surfer hier in Ebensee eine natürliche Welle in der Traun entdeckt und daraus die größte künstliche Flusswelle weit und breit gebaut. *The Riverwave* im Salzkammergut war geboren. Das Meer in den Bergen. Ich hab's auch schon probiert. Ist cool, hilft beim Abschalten.«

»Mir nicht, aber das Bier schmeckt super.« Peter Neumüller grinste. »Ich brettere lieber über die Autobahn.«

Das Geplänkel war vorbei. »Also, was glaubst du?«, bat Ben seinen Partner, den Anfang zu machen.

»Das Gleiche wie du, nehme ich an. Dass Regus Dorninger lebt und seine dreckigen Finger gewaltig im Spiel hat.«

»Ich bin ganz bei dir«, stimmte Ben zu, »und stelle mir das so vor: Aus welchem Grund auch immer, wahrscheinlich wegen seines drohenden Konkurses, bringt er zunächst seine Schäfchen ins Trockene und inszeniert dann seinen eigenen Tod. Lockt einen Fremden in die Hütte und zündet alles an, hofft, dass das Feuer seine Arbeit tut und sämtliche Spuren vernichtet.«

»Einen *Fremden?*«, echote Peter Neumüller mit einer gehörigen Portion Skepsis in der Stimme. »Das werden wir sehen. Parallel dazu platziert er jedenfalls eine Zahnbürste mit der DNA seines Opfers bei sich zu Hause und hofft, dass wir uns die zur Abklärung der Identität beschaffen werden. Wahrscheinlich hat er zur Sicherheit noch andere Fake-Beweise deponiert. Es kann nicht schaden, sämtliche Haarbürsten und Kämme im Haus zu überprüfen.«

»Das würde auch erklären, warum zwar *sein* Auto zur Gänze ausgebrannt ist, nicht aber Charlys nur ein paar Meter weiter. Da hat er auch nachgeholfen, damit alles vernichtet ist und wir ganz sicher auf die Zahnbürste stoßen.«

»Der Trick hat leider funktioniert. Sein Fehler war, bei der Zahnbürste zu schlampen. Wer, glaubst du, ist der Tote von der Alm?«

Nachdenklich drehte Ben das inzwischen leere Bierglas zwischen den Fingern. »Keine Ahnung. Wir müssen hoffen, dass der Fingerabdruck auf der Zahnbürste etwas ergibt.«

»Laura Danklmayr hatte recht. Es war tatsächlich jemand in der Hütte. Deshalb war Regus auch so nervös, als sie kam. Wahrscheinlich hatte er das Opfer gerade getötet und die Leiche lag noch drin.« Auf der Heimfahrt hatte ihnen Marie von Lauras Beobachtung erzählt, die jetzt plötzlich Sinn ergab.

Charly allerdings war eine andere Geschichte. Sicherheitshalber hielt Ben den Mund, um sich zunächst anzuhören, wie sein Kollege ihre Rolle bei alldem einschätzte.

»Variante eins: Sie ist unschuldig. Regus versucht, sie mit K.-o.-Tropfen außer Gefecht zu setzen. Sie wacht aber auf und geht vor die Hütte, ohne dass er es merkt. Indessen platziert er das zuvor ermordete Opfer im Haus und zündet alles an. Als er checkt, dass sie noch lebt, probiert er es mit den Wespen, hat wieder Pech. Lockt sie für Versuch Nummer drei nach Kärnten.«

Seine Vermutung deckte sich mit dem, was auch Ben sich dachte. »Klingt plausibel. Und Variante zwei?«

»Die wird dir nicht gefallen.« Damit bestätigte Peter Neumüller, dass er ganz genau wusste, wie es um Bens Gefühlswelt stand. »Charly steckt mit Regus unter einer Decke, und die beiden ziehen eine Riesenshow ab. Wenn es zutrifft, deckt sie einen Mörder oder ist selbst einer.«

»Klingt nicht ganz so plausibel«, gab Ben sich noch nicht geschlagen. Peter Neumüller verzichtete auf jede weitere Reaktion.

Wie sie es auch drehten und wendeten: Alles war reine Spekulation. Sie brauchten dringend Fakten. Die Auswertung des Fingerabdrucks. Den Van. Charlys Aussage. Neuerdings auch Regus Dorningers.

Mit gerunzelter Stirn musterte Peter Neumüller einen älteren Surfer mit einem Tattoo am Oberarm. »Dem seine Rose schaut mittlerweile eher aus wie ein Salathäupl«, murmelte er vollkommen aus dem Zusammenhang gerissen.

Ben ignorierte den Kommentar. »Was haben wir? Eine unbekannte Leiche auf der Rettenbach-Alm. Damit einen verschwundenen und schwer tatverdächtigen Regus Dorninger. Eine erstaunte Charly, die aus unbekannten Gründen nach einer SMS nach Kärnten fährt und dort ebenfalls fast umgebracht wird. Einen vermissten Van. Den auf die gleiche Art und Weise wie unser Unbekannter ermordeten Manni Brugger.«

»Ein paar Fäden verbinden sich, aber im Grunde stehen wir vor einem Rätsel. Kein gutes Gefühl.«

Kein gutes Gefühl? Das war milde ausgedrückt für die Fragen, die Ben gerade den Atem raubten. Hatte Charly ihm ihre aufkeimende Liebe nur vorgetäuscht?

War sie eine derart großartige Schauspielerin? Und er blinder als ein Maulwurf? Die Zweifel brannten und nagten. Mit aller Macht bemühte er sich um einen klaren Kopf und darum, den scheußlichen Verdacht zur Seite zu schieben. Bisher war nichts bewiesen, und keinesfalls wollte er Charly vorverurteilen.

Dankenswerterweise wechselte Peter Neumüller das Thema. »Ich hole mir noch ein Bier. Magst auch eins?«

Stumm schüttelte Ben den Kopf. »Ich geh lieber surfen.«

Zwei Stunden später fläzten sie immer noch auf ihren Liegestühlen. In Lauerstellung vor ihren Telefonen und voller Hoffnung, dass sie bald läuten würden. Zum Glück war das Bier alkoholfrei. Bei den Mengen, die Peter Neumüller in sich hineinschüttete, wäre das inzwischen ein veritabler Vollrausch gewesen.

Ben war viel zu abgelenkt, um eine gute Performance hinzulegen, aber das Surfen hatte ihm geholfen, seine Unruhe kanalisiert. Nass und im bis auf die Hüften heruntergezogenen Neopren saß er neben seinem Kollegen und überlegte, ob er für heute Schluss machen und sich einen Sommerspritzer gönnen sollte. Sein Magen meldete sich vernehmlich. Während sein Kollege sich schon zweimal Nachschub am Buffet besorgt hatte, war ihm bisher nicht danach gewesen. Noch dieses eine Telefonat mit Klagenfurt, dann hole ich mir etwas, beschloss er.

Just in diesem Moment gab Bens Smartphone ein Piepsen von sich. Am Display: die Nummer des Büros. Beide Ermittler griffen gleichzeitig danach. Ben war schneller.

»Hallo, Jungs«, ertönte Helene Almesbergers Stimme durch den Lautsprecher. »Wir haben ihn gefunden.«

»Wen? Sag schon!«

»Contenance, meine Herren«, ließ sich ihre Kollegin vom rüden Ton Neumüllers nicht aus der Ruhe bringen. »Aber ich bin ja emotionsflexibel.«

»Helene!«

»Schon okay. Verdient habt ihr es wegen eurer schlechten Manieren nicht, aber ich sag's euch trotzdem: den Van. Ratet mal, in welchem Zustand.«

»Ausgebrannt«, kam es synchron von den Herren.

»Sehr gut. Setzen. Die Feuerwehr in Lauffen hat ihn gefunden. In der Nähe der berühmten Villa Blumenthal.«

Villa Blumenthal? Völlig unpassend fiel Ben ein, dass dort eines der erfolgreichsten Musicals aller Zeiten geschrieben worden war. Er schob das Chaos im Kopf auf seine Aufregung und konzentrierte sich.

»Gibt's Spuren?«

»Schon …«

Warum ließ sich ihre Kollegin bloß alles aus der Nase ziehen?

»Sie stammen eindeutig von Regus Dorninger.«

»Ha!« Vor lauter Freude schlug Ben sich mit der rechten Faust in die linke Handfläche. »Jetzt müssen wir ihn nur noch finden.«

»Müssen wir nicht«, sprach Helene Almesberger in Rätseln.

Wieder war Synchronsprechen angesagt. »Wie meinst du das?«

»Er ist schon dort – und klebt am Baum.«

DIE VILLA BLUMENTHAL

Hinig.
Kaputt.

Im Jahr 1895 holte der Berliner Oscar Blumenthal ein Fertigteilhaus in seine zweite Heimat. Gesehen hatte er es auf der Weltausstellung in Chicago und musste es unbedingt haben. Es kam per Schiff und Bahn, wurde auf seinem Grundstück nahe Lauffen aufgebaut und etablierte sich schnell als Treffpunkt für Künstler und Aristokraten.

Unweit davon befanden sich das Gasthaus »Zum weißen Rössl« und dessen resche Wirtin Maria Aigner. Viele Männer warben um ihre Gunst, was Blumenthal zum Schreiben des Lustspiels »Im weißen Rössl« inspirierte. 1930 hatte die darauf basierende gleichnamige Operette von Ralf Benatzky Uraufführung und wurde ein Welterfolg.

Der angekokelte Van wollte so gar nicht zu dem wunderschönen roten Fachwerkbau mit dem spitzen Turm aus harter kanadischer Kiefer passen, dessen Fassade im Grunde immer noch so aussah wie vor 130 Jahren. Es stand auf einer Lichtung und war malerischer Hintergrund für ein ausgesprochen skurriles Szenario.

Der Wagen war mit eingedrückter Motorhaube

frontal gegen einen Baum geprallt. Am Gesamtzustand war zu erkennen, dass er nicht lange gebrannt haben konnte, auch das hintere Kennzeichen war noch vorhanden – neben der aufrechten Fahndung mit ein Grund dafür, warum es mit der Identifikation schnell gegangen war.

Unschwer zu erraten auch, was sich unter der Plane zwischen der Front des Autos und dem dicken Baumstamm befand. Ben vermied es, näher heranzugehen, die Fotos mussten reichen. Peter Neumüller hingegen zeigte keine Skrupel und hob die Abdeckung an. »Unfall war das keiner«, kommentierte er trocken.

»Er ist es, ganz eindeutig.« Postenkommandant Reinhard Oberndorfer stellte sich neben Ben und beobachtete die Männer beim Wrack ebenfalls aus sicherer Entfernung.

Ben schauderte. »Was ist deiner Meinung nach passiert?«

»Hm. Ein Brandbeschleuniger war diesmal wohl auch wieder im Spiel, aber nur wenig. Der Rest ist euer Geschäft. Aber wenn du eine persönliche Einschätzung willst: Für mich ist da jemand mit viel Speed auf Dorninger zugefahren und hat ihn zwischen Baum und Motorhaube … na ja … radikalerschlankt. Danach wollte er wohl Spuren beseitigen, wurde jedoch von einem Radfahrer gestört. Das ist der da vorne mit dem grünen Gesicht. Wir haben ihn schon befragt, er hat nichts gesehen außer einen flüchtenden Schatten. Trotzdem ein cooler Typ, er hat den aufkeimenden Brand mit seiner Aludecke aus dem Erste-Hilfe-Kit gelöscht.«

»Wir werden ihn uns nachher trotzdem noch mal zur Brust nehmen. Viel hat nicht gebrannt, oder?«

»Primär wohl Dorninger selbst. Ich bin bei der Feuerwehr, hab also einen gewissen Blick dafür. Im Gebüsch lag ein leeres Fläschchen mit Feuerzeugbenzin. Gut möglich, dass der Täter Dorninger eingequetscht und dann mit dem Benzin übergossen hat. Zusätzlich hat er Wasser benutzt, vielleicht aus einer Trinkflasche. Wenn du in der Schule in Chemie aufgepasst hast, weißt du, dass Benzin eine geringere Dichte als Wasser hat und deshalb immer aufschwimmt. Das Schlimmste, was du tun kannst, ist, einen Benzinbrand mit Wasser zu löschen. Es verteilt das Benzin lediglich noch besser. Trotzdem wirkt das alles auf mich spontan und stümperhaft.«

Feuerzeugbenzin? Das triggerte etwas in Ben. Er würde später darüber nachdenken und fuhr an anderer Stelle fort. »Er wurde also gestört und hatte keine Zeit mehr, sein ›Werk‹ zu vollenden. Dafür spricht auch, dass er das leere Fläschchen nicht einfach mitgenommen hat. Vielleicht ist es ihm runtergefallen und er hatte keine Zeit mehr, es zu suchen. Mit ein wenig Glück gibt's Fingerabdrücke.«

Inzwischen war Peter Neumüller wieder zu ihnen gestoßen und hatte schweigend zugehört. »Die Identität des Opfers ist genauso eindeutig wie die Todesursache. Regus Dorningers Süden ist quasi nicht mehr vorhanden.«

Für die beiden Ermittler gab es an Ort und Stelle nichts mehr zu tun. Mit einem Schulterklopfen bedankte Ben sich. »Fahren wir. Es ist einmal mehr Zeit für Gedankenspiele.«

Schon wieder hatte der Fall eine unerwartete Wendung genommen. Gerade hatte Ben zum ersten Mal das Gefühl gehabt, die losen Enden greifen zu können, schon kam ihnen die nächste Leiche dazwischen, ausgerechnet jene des Hauptverdächtigen.

Missmutig saß er im gut gefüllten Gastgarten des Wirtshauses unterhalb der Lauffener Wallfahrtskirche. Der Ort, einst dem Verfall preisgegeben, hatte sich gemausert. Die Fassaden waren renoviert, die Gäste offensichtlich wieder an dessen Historie und Gegenwart interessiert.

Peter Neumüller ihm gegenüber arbeitete sich, unbeeindruckt vom gruseligen Anblick vorhin, durch ein knuspriges Wiener Schnitzel.

Ben jedoch war der Appetit vergangen, weshalb er sich mit einer Tasse Kaffee und einem großen Soda begnügte. »Kannst du dir einen Reim auf all das machen?«

»Nur insofern, als dass sich hier aus meiner Sicht jemand die Finger schmutzig macht, den wir bislang gar nicht auf der Rechnung hatten oder zumindest nicht für verdächtig hielten.

Ben gab sich keinerlei Mühe, seine schlechte Laune zu verbergen. »Ich komm nicht dahinter, warum mich dieses Fläschchen mit Feuerzeugbenzin nicht loslässt. Mein Unterbewusstsein spielt Rambazamba, aber ich krieg den Gedanken nicht zu fassen.«

»Es gibt Gebiete, auf denen ich durch eklatantes Vielwissen glänze«, mampfte Peter Neumüller, »dieses hier gehört eindeutig nicht dazu.«

Ben gab auf. »Ich lasse es einfach vorerst. Die Frage ist …«

Er kam nicht mehr dazu, den Satz zu vollenden, denn erneut meldete sich das LKA.

Ein überfüllter Gastgarten eignete sich nun wirklich nicht für heikle Dienstgespräche. »Wart kurz«, bat er den Anrufer deshalb und entfernte sich ein paar Schritte.

Peter Neumüller wollte ebenfalls aufspringen, doch Ben bedeutete ihm, sitzen zu bleiben und dem panierten Schweinefleisch den Garaus zu machen.

Einige Sekunden hörte er einfach nur zu. »Ich fasse es nicht«, war das Einzige, was er von sich gab, und klang dabei so erstaunt, dass Peter Neumüllers Kopf fragend in seine Richtung ruckte.

Bens Winken genügte, Peter Neumüller verstand. Er zahlte und hastete ihm nach zum Auto. Im Einsteigen haspelte er los. »Also, was ist?«

Ben hielt sich sichtlich geplättet die gefalteten Hände vor den Mund und sah ihn mit großen Augen an. »In diesem Fall hat mich schon vieles überrascht, aber das setzt dem Ganzen die Krone auf.«

»Jetzt mach's doch nicht so spannend. Raus damit!«

»Wir haben einen Treffer beim Abgleich der Fingerabdrücke.«

Da es eine gewisse Auswahl gab, war Peter Neumüller nicht ganz im Bild. »Bei welchen? Zahnbürste oder Feuerzeug?«

»Zahnbürste.«

»Und? Jetzt lass dich doch nicht so bitten, verdammt noch mal.« Wenn sogar Neumüller im Begriff war, seine legendäre Gelassenheit zu verlieren, sollte das etwas heißen.

»In der Verbrecherkartei waren sie nicht, deshalb hat's länger gedauert. Sprich, zuschulden kommen lassen hat sich unser Opfer von der Rettenbach-Alm nichts. Aber woanders sind die Kollegen fündig geworden. In der Vermisstendatenbank.«

»Verstehe. Von vielen Vermissten gibt's aber keine Fingerabdrücke, nur Fotos.«

»Von dem hier schon. Er arbeitete in einem hochsensiblen Bereich und musste sie deshalb aus Sicherheitsgründen abgeben. In Afrika.«

Nun schwante Peter Neumüller, worauf alles hinauslief. »Du willst mir doch jetzt nicht ernsthaft mitteilen, dass … Charlys … aber der ist doch … nachweislich …«

Ben beendete das Gestammel radikal. »Doch. Will ich. Der teilweise Fingerabdruck von der Zahnbürste passt exakt zu jenem von Martin Kollinig, Charlys verschollenem Ex. Man mag in der Wüste einige seiner Körperteile gefunden haben, hiermit haben wir aber den untrüglichen Beweis, dass er nach seiner Entführung nicht gestorben, sondern irgendwann von den Toten auferstanden ist. Was die Rebellen nicht schafften, gelang dann Regus Dorninger auf der Rettenbach-Alm: Martin Kollinigs Leben endgültig zu beenden. Die gute Frage ist nun einmal mehr: Wer zum Teufel führt uns hier dermaßen an der Nase herum?« Den letzten Satz hatte er gebrüllt.

LOSE ENDEN

Hinterherschwateln.
Nachlaufen.

Von Charly konnten sie keine Hilfe erwarten. Sie lag nach wie vor im künstlichen Tiefschlaf. Weshalb die Ermittler den Wust an Informationen ohne ihre Aussage entwirren mussten. Weder Ben noch Peter Neumüller schafften es, ausreichend Distanz zum Fall zu gewinnen, weshalb sie sich darauf geeinigt hatten, gemeinsam nach Linz zurückzufahren.

Gute Neuigkeiten kamen aus dem Linzer Krankenhaus. Man würde Luna in ein paar Tagen entlassen. Gepflegt und gesund werden konnte sie auch zu Hause. Lernen, auf Krücken zu gehen, ebenfalls. Regina Neumüller und der ganze Clan hatten schon damit begonnen, ihr Zimmer zu dekorieren und Berge an Lebensmitteln einzukaufen. Auch die Zutaten für Lunas Lieblingskuchen waren schon im Haus, und Chou-Chous neuer Schlafplatz befand sich direkt neben ihrem Bett. Wenigstens ein Thema, das gut ausgehen würde.

Ihr verzwickter Fall war ein anderes Kapitel. Zwar fehlte es nicht an Ansatzpunkten, aber an Klarsicht.

Es kam selten vor, dass Ben keine Lust auf Sport hatte. Heute reichte es gerade einmal für die Couch, einen

Schinken-Käse-Toast und eine Streamingserie. Bei laufendem Fernseher erwachte er gegen zwei Uhr früh und schleppte sich ins Bett. So gut wie nie brachten ihn seine Ermittlungen so aus der Ruhe wie jetzt. Doch dieser Fall war anders, was zweifelsohne mit seinen unverändert starken Gefühlen für Charly Dorninger zusammenhing. Munter pendelte sie zwischen ihren Rollen als Unschuldige oder Mittäterin hin und her.

Am nächsten Morgen fühlte er sich geplättet wie ein Leintuch. Großartig, Achleitner, schalt er sich, schlechter kann man einen Tag nicht beginnen. Andererseits konnte es eben auch nur besser werden, alles eine Frage der Sichtweise.

Ohne erst groß an seinem Schreibtisch vorbeizuschauen, betrat er als Erster den Besprechungsraum. Was immer der Morgen auch bringen mochte, eines war unvermeidlich: Er würde den Vormittag mit dem Schreiben von Protokollen verbringen. Dem gutmütigen Peter Neumüller wollte er die ungeliebte Schreibarbeit kein weiteres Mal mehr umhängen, eine KI war dafür leider noch nicht erfunden.

Einer nach dem anderen tröpfelten die Kollegen zur Tür herein. Helene Almesberger mit dem üblichen freundlichen Lächeln, Peter Neumüller grinsend, Bens Chef Christian Franz mit der obligaten Tasse Tee und Tobias Kofler grundentspannt wie immer. Der Rest der Truppe war an anderer Stelle unabkömmlich.

»Hallo, Schrumpftruppe«, begrüßte Christian Franz alle launig. Gibst du uns bitte ein Update, Ben?

Der tat wie geheißen und schloss mit den Worten: »Was denkt ihr über den ganzen Tralawatsch?«

Helene Almesberger meldete sich als Erste zu Wort. »Für mich …«

Das Summen von Bens Telefon schnitt ihr das Wort ab. Normalerweise wäre er während des Meetings nicht rangegangen, aber am Display erschien die einzige Nummer, die diesen Grundsatz über den Haufen zu werfen vermochte.

»Charly?«

Alle Köpfe fuhren gleichzeitig herum.

»Okay, ich komme. In ein paar Stunden bin ich da.«

Er legte auf. »Charly Dorninger ist wach und möchte mit mir sprechen. *Nur* mit mir. Bitte entschuldigt mich, ich bin schon auf dem Weg nach Klagenfurt. Kann ich den Heli haben?«

KLAGENFURT

A Kaspapp'n.
Ein bleiches, dünnes Wesen.

Charly Dorninger hatte in letzter Zeit wahrlich einiges abgekriegt.

Zunächst war sie auf der Alm betäubt und beinahe verbrannt worden. Dann der Angriff mit den Wespen. Und zuletzt der heftige Schlag auf den Hinterkopf.

Dick bandagiert lag sie unter der Bettdecke des dritten Krankenhauses binnen kürzester Zeit. Das Licht im Zimmer war gedimmt. Dieselbe ruhige Gestalt, das traurige Gesicht. Was beim ersten Mal gefehlt hatte, war das warme Gefühl, das sich bei ihrem Anblick in Bens Brust breitmachte. Am liebsten hätte er sie in die Arme genommen, aber dafür war im Moment kein Platz. Galt es doch, endlich Tatsachen ans Licht zu bringen. Dass Charly nicht ehrlich zu ihm gewesen war, lag auf der Hand.

Die Verunsicherung stand ihr ins Gesicht geschrieben. »Hallo«, presste sie heraus. »Wie geht's dir?«

»Mir? *Dein* Zustand ist es, der mir Sorgen macht.« Er entschloss sich, es direkt anzugehen. »Ich möchte die ungeschminkte Wahrheit hören. Alles.«

»Es ist kompliziert. Du musst mir vertrauen, Ben.«

»Was passiert, wenn ich das tue?«

Charly wusste noch nichts von den jüngsten Ereignissen. Er hatte darum gebeten, derjenige zu sein, der als Erster mit ihr sprach, sobald sie zu sich kam.

»Dann wird hoffentlich alles gut.« Es klang hoffnungsvoll.

»Das kann ich dir nicht garantieren. Warum bist du nach der SMS mit der Maut-Abbuchung Hals über Kopf nach Kärnten gefahren?« Letztlich war es gleichgültig, an welcher Stelle er damit begann, die Dinge aufzuklären.

Erschrocken zuckte sie zusammen. »Du weißt davon?«

»Was glaubst du denn, wer dich dort gefunden hat? Nur dank Marie bist du am Leben. Es war knapp. Der Mann, der dich niedergeschlagen hat, war noch im Haus, als wir ankamen. Er ist geflohen. Wären wir nicht gekommen, hätte er dich diesmal wohl endgültig erwischt. Wer war es?«

»Ich kann es dir nicht sagen. Bitte, bitte glaube mir.«

Die Antwort verletzte ihn wie ein Messerstich.

Dann halt anders. Er verspürte nicht mehr die geringste Lust, sich von ihr behandeln zu lassen wie eine Figur auf dem Schachbrett. »Warum lügst du schon wieder? Hat es mit deinem verschollenen Ex zu tun? Martin?«

Sie sah ihn mit großen Augen an. »Woher …?«

»Weil ich nicht dumm bin, Charly. Er ist tot, aber nicht seit acht Jahren, sondern erst seit ein paar Tagen. Und ich bin mir sicher, dass du das ganz genau weißt. Sagst du mir jetzt bitte endlich, was Sache ist? Sonst werde ich aufstehen, dich verhaften lassen, und danach sehen wir uns nie wieder. Deine Schonfrist ist vorbei. Dir droht Gefängnis. Ich will die ganze ungeschönte Geschichte. Vielleicht, und die Möglichkeit ist gering, haben wir danach eine Chance. Wenn du mich allerdings weiterhin für blöd verkaufst, war es das.«

»Mir ist schlecht«, würgte sie heraus.

»Dann geh kotzen.«

So harsch war er ihr gegenüber noch nie geworden. Sie schluckte ein paarmal, atmete tief durch … und gab auf. »Also gut. Du hast ein Recht auf die Wahrheit. Soweit ich sie kenne.«

»Dann heraus damit«, gab er sich immer noch nicht versöhnlicher, lehnte sich aber ein wenig zurück, um die Aggressivität aus seiner Körperhaltung zu nehmen.

Statt Worten kamen Tränen. Ben nahm sie ohne sichtliche Regung zur Kenntnis und wartete ab, bis sie schließlich sprach.

»Wie du weißt«, begann sie mit zitternder Stimme, »habe ich sehr um Martin getrauert. Ich glaubte, wie wir alle, dass er in Libyen gestorben war. Die Funde – Körperteile, zerschlissene Kleidung, sogar sein Ausweis – ließen keinen Zweifel. Doch dann … plötzlich … vor ein paar Wochen … kam dieser Anruf. Er sei am Leben, wolle mich sehen, aber ich dürfe niemandem davon erzählen. Es sei gefährlich. Ich war fassungslos, panisch, aufgeregt, kann meine Gefühle nicht in Worte fassen. Ich schlug ihm vor, uns im Chalet auf der Turrach zu treffen, wo ich mir sicher war, niemandem zu begegnen, der ihn kannte. Voller Vorfreude, aber auch

Verunsicherung fuhr ich nach Kärnten. Und da war er. Obwohl … Um ehrlich zu sein, erkannte ich ihn kaum. Er war dürr, trug einen langen Bart, eine schwarze Mütze, wirre Haare … und eine Waffe. Mein lieber, lieber Martin war ein Fremder für mich. Die Geschichte, die er mir erzählte, klang unglaublich. Er war in Libyen von Terroristen verschleppt und gefoltert worden und nur durch einen Trick entkommen. Ein Ohr fehlte ihm und einige Fingerglieder. Am schlimmsten war der Hass in seinen Augen – und das, was er von sich gab. Mit so etwas wie einer Liebesbekundung hatte ich sowieso nicht gerechnet, aber zumindest mit Wiedersehensfreude. Erleichterung. Offenheit. Stattdessen sagte er, ich solle mir keine Hoffnungen mehr machen, er sei jetzt ein anderer Mensch, empfinde nichts mehr für mich. Brauche lediglich meine Hilfe und Geld für ein neues Leben …« Ihre Stimme versagte, immer noch ungläubig angesichts der Enttäuschung und des Schocks über die Worte ihres Ex-Mannes. »Mein jetziger Mann sei reich, eine Million für ihn doch nur ein Klacks. Martin wollte mir nicht glauben, dass Regus mich kurzhielt und es einen Ehevertrag gab, meinte, ich solle ihn nicht verarschen. Und dann erpresste er mich, setzte mir eine Frist. Ich bekäme ein paar Tage Zeit, sonst lasse er mich auffliegen. Schließlich sei ich noch immer mit ihm verheiratet, meine Ehe mit Regus demnach illegal. Sollte ich nicht spuren, würde er uns überall finden und umbringen. Ich wusste nicht, wie ernst er es wirklich meinte, hatte ich doch einen vollkommen Fremden vor mir, der nichts mehr gemein hatte mit dem gutherzigen Martin von früher.«

Sie keuchte, musterte Bens neutrale Miene, vermutlich auf der Suche nach so etwas wie Verständnis. Mochte er dergleichen auch empfinden, anmerken ließ er es sich nicht. Verunsichert fuhr sie fort: »Ich bekam es echt mit der Angst. Wusste nicht ein noch aus. Bat ihn, vorerst auf der Turrach zu bleiben. Fasste allen Mut zusammen und erzählte es Regus, hatte ich doch nur die Wahl zwischen Pest und Cholera. Fragte ihn nach Geld für Martin. Regus fiel natürlich auch aus allen Wolken, doch irgendwie hatte ich zugleich den Eindruck, dass uns die Situation auf eine verquere Art und Weise verband. Nur wenig später meinte er, er wisse jetzt, was zu tun sei, ich solle ihm vertrauen. Um ehrlich zu sein, war ich froh, die Verantwortung abgeben zu können. Seither habe ich weder etwas von Martin gehört noch ihn gesehen. Bitte, bitte, glaube mir. Ich bat Regus auf der Alm nicht nur um die Scheidung, sondern auch darum, mir zu sagen, was er vorhatte. Er vertröstete mich, meinte, das würde er gerne tun, müsse zuvor aber noch eine Kleinigkeit erledigen. Jedenfalls gehe von Martin keine Gefahr mehr aus. Als ich im Krankenhaus erwachte und hörte, Regus sei bei dem Brand gestorben, stand ich unter Schock. Als dann das mit den Wespen passierte, drehte ich beinahe durch. Denn wer außer Martin kam für all das als Täter infrage? Und dann warst plötzlich du da und damit ein unglaublich schönes Gefühl von Halt und Geborgenheit …«

Ben musste allen Willen aufbringen, um die Fassung zu wahren. Statt Charlys Hand zu drücken, klammerte er sich an seinem Stuhl fest und versteckte sich hinter einem Pokerface. Sie hatte etwas anderes erwartet, musterte ihn irritiert.

»Lassen wir das vorerst so stehen«, presste er hervor. »Da du mit mir sprechen wolltest, gehe ich davon aus, dass du bereits ahnst, was wirklich passiert ist. Unterbrich mich, wenn ich falschliege. Regus fiel mit Martin aus heiterem Himmel eine perfekte Gelegenheit in den Schoß, seine Probleme alle auf einmal aus dem Weg zu räumen. Sein finanzielles Dilemma, die Frau, die sich von ihm trennen wollte, und ihren Ex, der ihn erpresste. Er lockte Martin zu sich auf die Alm, tötete ihn, schlug ihm danach die Zähne aus, damit kein Zahnabgleich mehr möglich war, und hoffte, dass das Feuer den Rest erledigen würde. Fehlende Fingerglieder sind uns bei der Leiche zum Beispiel nicht aufgefallen, dazu war sie zu verbrannt.«

Charly blieb vollkommen ruhig. Daraus folgerte Ben, dass sie bereits dieselben Schlüsse gezogen hatte. Er ließ sich seine grenzenlose Enttäuschung über den Beweis ihres Betruges nicht anmerken. Erst mit dem Gesamtbild vor Augen würde er sich ein Urteil erlauben.

»Er versteckte die Leiche, wahrscheinlich im Kofferraum. Zitierte dich zu sich. Vertröstete dich, damit du bliebst. So benommen, wie du warst, hatte er dir wahrscheinlich unbemerkt etwas in dein Wasser gekippt und wartete, bis du in der Kammer eingeschlafen warst. Während er Martins toten Körper holte, um ihn so zu platzieren, dass es aussah, als sei Regus es selbst, bist du aufgewacht und durch den Nebeneingang nach draußen zum Fluss getaumelt. Regus' Fehler war, nicht zu kontrollieren, ob du immer noch im Bett lagst. Dann zündete er alles an, um sämtliche Spuren zu verwischen. Schnappte sich Martins Zahnbürste und Kamm und drapierte beides im Haus in Traunkirchen.«

Bens raue Kehle schrie nach einem Schluck Flüssigkeit. Kurz entschlossen trank er aus Charlys Glas auf dem Nachtkästchen. In den letzten Minuten hatte sie zwar aufmerksam zugehört, dabei aber ihr Gesicht abgewandt. Ben war es nur recht. Ihr bei alldem in die Augen sehen zu müssen, hätte ihm das Herz herausgerissen.

Bedächtig fuhr er fort: »Wärst du gestorben, hätte sein Plan perfekt funktioniert. Alle Zeugen wären tot. Er selbst für die Welt auch. Niemand würde Martin vermissen. Regus muss völlig überrascht gewesen sein, als er hörte, dass du noch am Leben bist und damit eine massive Gefahr darstellst. Du hättest etwas bemerkt haben können, weshalb er dich rasch und vor allem möglichst unauffällig loswerden musste. Zudem durftest du nicht wissen, dass er nicht tot ist. Deshalb die Idee mit den Wespen. Kein Wunder, dass dein Notfall-Kit verschwunden und picksüße Limonade in deinem Schlafzimmer verschüttet war. Aber wieder hatte er Pech, denn der nächste an und für sich perfekte Plan ging schief.«

Charly hatte lautlos begonnen zu weinen, nickte zustimmend. »Nach dem Angriff war ich so verwirrt. Machte Martin wahr, was er angedroht hatte? Aber es passte nicht zu ihm. Und mit Wespen? Wozu der Aufwand? Warum war er plötzlich wie vom Erdboden verschluckt? Was hatte Regus damit gemeint, er sei keine Gefahr mehr? Ich konnte mir einfach keinen Reim darauf machen. Und dann warst da du. So klar. So sicher.

Mein einziger Halt. Das Gefühlschaos war unbeschreiblich. Trotz meiner Angst vor ihm empfand ich auch Mitgefühl für Martin. Was immer ihm in der langen Gefangenschaft zugestoßen war, musste schrecklich für ihn gewesen sein. Ein kleiner Teil von mir wollte glauben, dass er zur Vernunft kommen würde, wenn ich ihn an alte Zeiten erinnerte, an das Gute, das wir hatten, unsere tiefen Gefühle füreinander. Selbst wenn ich ihn für einen Mörder hielt. Er verdiente das, findest du nicht auch?«

Nein, fand Ben nicht, dafür spürte er einen Funken Verständnis für Charlys Verzweiflung und Ratlosigkeit. »Warum warst du dermaßen überrascht, als du die Nachricht von der Mautstation bekamst?«

»Ist das nicht offensichtlich? Ich dachte, dass Martin sich in der Nähe versteckt gehalten und den Van geklaut hatte und jetzt seine Sachen von der Turrach holen würde, um danach endgültig abzuhauen. So konnte ich ihn nicht davonkommen lassen. Ich brauchte die Wahrheit. Eine Aussage. Ein Geständnis. Hoffte, ihm ins Gewissen reden zu können. Er durfte nicht so ohne Weiteres wieder aus meinem Leben verschwinden, dafür hatte ich zu sehr gelitten. Außerdem war er ein Mörder.«

So naiv wie nachvollziehbar, wenn man ein Mensch wie Charly war.

»Statt Martin trafst du aber auf Regus, der dich zur Hütte locken, dich ausschalten und danach untertauchen wollte. Es muss ein merkwürdiges Aufeinandertreffen gewesen sein.«

»Nein, Ben. Du irrst dich. Ich habe dir vorhin schon gesagt, dass ich niemanden erkannte. Aber eines ist mir trotz meiner anfänglichen Angst vor ihm inzwischen klar geworden. Unter keinen Umständen hätte Martin mir geschadet, selbst wenn er auf der Flucht und Regus' Mörder gewesen wäre. Ja, er hatte es angedroht, aber er hätte es niemals durchgezogen. Er wusste, dass er immer auf mich zählen konnte und ich ihn nicht im Stich lassen würde, ungeachtet dessen, was passiert war. Martin hätte mich vielleicht gefesselt, um in Ruhe verschwinden zu können, mehr aber nicht. Mein unverzeihlicher Fehler war, nicht auf unsere lebenslange Verbundenheit zu vertrauen und Regus von ihm zu erzählen. Es war Martins Todesurteil, und damit muss ich jetzt zurechtkommen.«

Noch mehr Tränen flossen, eher welche der Schuld denn des Selbstmitleids.

Da war sie wieder, diese ganz besondere tiefe Verbindung zwischen Menschen, die sich lange kannten und viel miteinander erlebt hatten. Sie war stets spürbar, präsent oder unterschwellig und über alle Grenzen hinweg. Ben musste Charly recht geben. Martin Kollinig mochte vieles gewesen sein, aber niemand, der ihr je etwas Böses angetan hätte.

Unwillkürlich tastete sie nach seiner Hand. »Seit ich letzte Nacht aufwachte, arbeitet es in mir. So absurd es auch klingen mag, es bleibt nur einer übrig, der hinter allem stecken kann: Regus. Als mir das dämmerte, habe ich dich sofort gebeten zu kommen, den einzigen Menschen, dem ich vertraue. Um dir zu sagen, was ich vermutete: Mein aktueller Mann hat meinen Ex umgebracht. Aber das hast du ja alles schon allein herausgefunden.«

Kein Wort von Liebe. Sie mochte ihn, ja, aber in erster Linie gab Ben ihr Halt und damit die Rolle, die auch Regus am Anfang ihrer Beziehung eingenommen hatte.

Stille senkte sich über die beiden. Dabei hatte Ben ihr das Wichtigste noch gar nicht gesagt. »Regus ist tot.«

Ihre Augen wurden groß. »Was sagst du da?«

»Irgendjemand hat auch ihn ermordet. Weder Martin noch du kann es gewesen sein.«

»Aber … was ist passiert?«

Er fasste die Ereignisse zusammen, ohne zu sehr ins Detail zu gehen. »Jetzt bist du frei, Charly. Wir werden dir keinen Strick daraus drehen, dass du unsere Ermittlungen behindert hast. Du warst befangen. Körperlich schwer angeschlagen. Ich denke nicht, dass du harte Konsequenzen befürchten musst. Reich bist du nicht mehr, aber am Leben.«

Sie hatte sich die Hände vors Gesicht geschlagen. Es fiel ihm schwer, abzulesen, was sie gerade empfand. Er ließ ihr das, was sie jetzt zur Genüge hatte: Zeit.

Ihre Frage kam leise zwischen ihren Fingern hervor. »Was bedeutet das für uns beide? Wo stehen *wir?*«

Seine Stimme zitterte. »Sag du mir, wie ich in dieses Gefüge passe. Hast du mir deine Gefühle nur vorgespielt?« Er war sich nicht sicher, ob er ihre Antwort wirklich hören wollte.

Sie schwieg einen Augenblick zu lang. »Ich mag dich sehr, Ben. Du bist unvermutet in mein Leben geplatzt, und vielleicht haben wir eine Chance. Aber im Augenblick bin ich ein einziges großes Durcheinander. Meine Welt liegt in Trümmern. Martin ist tot. Regus ist tot. Wie soll ich auf diesem Scherbenhaufen etwas Neues, Gutes aufbauen? Ich muss ihn doch erst beseitigen, ein stabiles Fundament schaffen, und das wird dauern, fürchte ich. Ich möchte mir all die Zeit geben, nach der meine Seele schreit. Aber wenn du bereit bist zu warten, weil du an mich und uns glaubst, wer weiß?«

Sie meinte, was sie sagte, dessen war Ben sich gewiss, und zeigte ihnen eine Option auf, die sich eventuell sogar leben ließ. Irgendwann. Zum ersten Mal seit Marie bedeutete ihm eine Frau wieder mehr. Dieses Gefühl war so neu für ihn, dass auch er es erst erforschen und einordnen wollte, ehe er ihm zu viel zumutete.

Doch eines musste jetzt sofort sein: Er umarmte Charly so fest und lange wie möglich, ohne ihr wehzutun. 30 Sekunden braucht eine Umarmung, ehe sie wirkt, erinnerte er sich an einen Rat, den er einst bekommen hatte.

»Auch wenn du dich für Martins Tod schuldig fühlst, ist jeder letztlich für seine Entscheidungen und Taten selbst verantwortlich. Er hätte sich nicht mit Regus treffen müssen. Hätte er stattdessen dir …« Nein. Diesen Satz ließ er lieber unvollendet.

Ohne ein weiteres Wort verließ er das Krankenzimmer, fühlte sich seltsam leicht. In der letzten Stunde hatten sich viele Puzzlesteine zusammengefügt, die ein großes Bild ergaben. Aber die letzten fehlten noch.

Als er wieder in den Hubschrauber stieg, der ihn zurück nach Linz bringen würde, hatte er nach wie vor keinen blassen Schimmer, wer Regus Dorninger gestern an einem Baum zerquetscht hatte.

PUZZLESTEINE

D'schmeißn kema.
Etwas schaffen.

Was für ein Albtraum.

Er kauerte gefangen in einem ausgebrannten Minivan, während ein bärtiger Riese laut grölend versuchte, mit einer monströsen Machete winzige Teelichter auszulöschen, die auf der Motorhaube brannten. In einiger Entfernung hüpfte Charlys überdimensionaler Kopf, aus dem Hände wuchsen, wie ein Gummiball auf und ab und fraß mit seinem riesigen Maul triumphierend eine meterhohe Flasche.

Der höllische Traum stand ihm klar vor Augen, als er mit einem erstickten Laut in die Höhe fuhr. Halb drei. Stöhnend stand er auf, um sich ein Glas Wasser zu holen und es im Freien zu trinken. Die Nacht war sternenklar und herrlich kühl. Über dem Dachstein erhellte stroboskopartiges Wetterleuchten den Himmel. Wie sehr er diese Hütte liebte und die Geborgenheit, die sie ihm vermittelte. Erstaunt stellte er fest, wie ruhig er trotz des Albtraums war. Gerade so als ob Charlys Lügen Maries Verrat aufgehoben und ihn innerlich gereinigt hätten.

Im nächsten Moment machte ihm sein Unterbewusstsein ein wunderbares Geschenk.

Als ob nichts selbstverständlicher wäre, fiel ihm ein, was sich den ganzen vorigen Tag lang nicht hatte greifen lassen. Wie geschmiert fügten sich die losen Enden zusammen, und alle Teile des Puzzles passten.

GMUNDEN

Bletschnschedl.
Dummkopf.

Der Pick-up vor der Tür hatte den Kampf gegen den Rost schon längst verloren. Außerdem schien der Besitzer des Blechhaufens ein Faible für Türkis zu haben. Die Karre hatte denselben Farbton wie die Kissen der kleinen Stühle vor dem Eingang.

Kein Millimeter Parkplatz war zu finden, weshalb Peter Neumüller kurzerhand im Halteverbot stehen blieb und das Blaulicht aufs Dach setzte. Normalerweise ersparte er der Polizei böse Kommentare wegen ausgenutzter Privilegien, heute war es ihm einerlei.

Diesen Teil von Gmunden kannte Ben nur vom Vorbeigehen. Der einzige Gast der Kneipe, ein älterer Mann mit einem halbleeren Glas Bier vor sich, starrte reglos durch sie hindurch.

»Bei dem ist zwar das Licht an, aber niemand zu Hause«, flüsterte Peter Neumüller Ben zu.

Soeben erschien eine junge Frau im Eingang und stellte Getränkekarten auf die drei Tische. Im Aufblicken erkannte sie die beiden Ermittler. Ihre Mimik erstarrte. Volltreffer, dachte Ben triumphierend. »Hallo,

Ermona«, rief er, »ich dachte, Sie arbeiten nicht in der Bar Ihres Mannes?«

Weil es sinnlos war, das Offensichtliche zu bestreiten, schwieg die Haushälterin und sah die Ermittler weiterhin mit großen Kuhaugen an. Sogar die Frage, was sie hier wollten, schien ihr nicht in den Sinn zu kommen.

Ben half aus. »Ich nehme an, Ihr Freund ist auch da? Wir möchten mit Ihnen beiden sprechen.«

Die Beamten ließen ihr den Vortritt. Sie bewegte sich mit der Geschwindigkeit einer Fronleichnamsprozession, aber mit deutlich mehr Widerwillen.

Die Bar war winzig und wurde von einem hohen Tresen beherrscht. Getränkeoptionen waren mit Textmarker auf Spiegel geschrieben worden und reichten von Wein bis Margaritas. Zwischen Schank und einem Regal voller Flaschen befand sich ein Riese mit Glatze. Allerdings nicht die dunkelhaarige Version aus Bens Albtraum, sondern in Blond. Der muskelbepackte Hüne erinnerte Ben an einen Söldner. Auch der aggressive Gesichtsausdruck passte.

»Ja?«, bellte er ohne jede Spur von Freundlichkeit.

»Herr Sablatnig?«, wollte Ben sichergehen.

»Wer fragt?«

Ben zückte seine Marke. »Die Polizei.«

Die Miene seines Gegenübers erstarrte. »Habe ich falsch geparkt?

»Wahrscheinlich. Aber wir sind nicht vom Verkehrsamt.«

Basilius Sablatnig legte seine Stirn in tiefe Falten. »Ich muss nicht mit Ihnen reden. Dort ist die Tür!«

Sein Charme war ausbaufähig, doch Ben ließ sich keine Sekunde von der widerspenstigen Art beeindrucken. »Gut, dann sprechen wir morgen um sieben Uhr früh bei uns im LKA in Linz, Nietzschestraße 33.« In 99 Prozent der Fälle funktionierte diese Drohung.

Basilius Sablatnig entschied sich für das restliche Prozent. »Okay. Passt. Wir sehen uns morgen.«

»Ich vergaß zu erwähnen, dass Sie einiger Verbrechen beschuldigt werden, weshalb draußen ein Polizeiwagen wartet, um Sie gleich mitzunehmen. Fluchtgefahr. Sofortige Sicherheitsverwahrung«, bluffte Ben, denn noch hatten sie nicht viel mehr als einen begründeten Verdacht. Mit großer Wahrscheinlichkeit war sein Gegenüber aber nicht rechtssicher genug, um das zu wissen.

Die spontane Verunsicherung im Gesicht des Wirtes gab ihm recht. »Verbrechen? Worum geht's überhaupt?«, stellte er viel zu spät jene Frage, die ihn um vieles unverdächtiger hätte wirken lassen. All sein Gehabe zuvor hatte Ben immer mehr davon überzeugt, auf der richtigen Spur zu sein.

Es war an der Zeit, mehr Druck auszuüben. Ben baute sich vor dem Wirt auf und fragte ihn geradeheraus nach seinem Aufenthaltsort in der Nacht von Regus Dorningers Tod.

»Im Bett, mit meiner Frau«, kam es ohne Zögern. Ein Unschuldiger hätte zumindest kurz überlegt – und gefragt, warum die Polizei das von ihm wissen wollte. Die hellste Kerze am Luster schien der Wirt nicht zu sein.

»Stimmt das, Ermona?«, wandte Ben sich an die Haushaltshilfe.

Und ertappte sie bei einer potenziellen Lüge. »Ja, klar! Die ganze Zeit über.«

Die Stühle, auf denen sie sich niedergelassen hatten, waren so unbequem wie das Gespräch. Man musste schon sehr betrunken sein, um es länger als ein paar Minuten darauf auszuhalten. Ben ignorierte die Kante, die ihm das Blut an den Oberschenkeln abschnürte, und nahm den Verdächtigen noch genauer ins Visier. Zufrieden stellte er fest, dass Peter Neumüller den Eingang blockierte. Im Moment kam niemand rein oder gar raus.

»Wir haben das Bewegungsprofil Ihres Smartphones und Ihren Einzelverbindungsnachweis auswerten lassen, Basilius«, wechselte er absichtlich auf den Vornamen, um die Distanz zwischen sich und dem Verdächtigen zu verringern, »und wissen deshalb, dass Sie uns soeben angelogen haben. Möchten Sie nicht erfahren, warum wir Sie überhaupt nach Ihrem Alibi fragen?«

Die Erkenntnis, dass er in eine Falle getappt war, stand dem Mann ins Gesicht geschrieben.

»Können Sie uns erklären, warum Ihr Handy just in jenem Moment, da Regus Dorninger ermordet wurde, in einer Funkzelle nahe dem Tatort eingeloggt war?«

»Es wurde mir geklaut.«

Aggressivität ersetzte Argumente. Von Reue keine Spur.

»Und der Dieb hat dann kurz nach dem Mord angerufen und Sie und Ihre Frau im Bett erreicht? Ihr Einzelverbindungsnachweis ist eindeutig. Das Bewegungsprofil beweist, dass das Handy danach wieder in Gmunden war.«

Der Wirt kochte. »Kann ich mir nicht erklären. Ich habe geschlafen und nichts gehört. Keine Ahnung, was der von uns wollte. Wenn sie abgehoben hat, dann nur, weil sie versehentlich an die Taste gekommen ist.«

»Fast zwei Minuten lang? Ein gewaltiges Versehen, oder, Ermona?«

Die Frau zog es schon längst vor, lieber zu schweigen und sich nicht um Kopf und Kragen zu reden.

Peter Neumüller deutete auf das Smartphone, das deutlich sichtbar in der Gesäßtasche des Hünen steckte. »Und in der Zwischenzeit haben Sie sich schon ein neues Telefon besorgt, nicht wahr? Ein gebrauchtes mit derselben Nummer.«

»So ist es.«

»Den Diebstahl angezeigt haben Sie auch nicht, oder?«

»Nein.«

»Komisch nur, dass Sie noch heute Mittag mit Ihrem angeblich geklauten Handy telefoniert haben.« Wieder ein Bluff, denn das hatten sie bisher nicht überprüft. Was der Wirt ebenfalls nicht wissen konnte.

Noch einen Tick grimmiger verschränkte der große Mann abwehrend die mächtigen Arme. »Schleichts euch jetzt, ich sag nichts mehr, will meinen Anwalt.«

»Ich konstatiere, dass Sie uns den eindeutigen Sachverhalt nicht schlüssig erhellen können«, ignorierte Ben die Forderung.

Verkrampft rutschte Ermona auf ihrem Stuhl hin und her. Ihr schien die prekäre Lage mehr zuzusetzen als ihrem bockigen Mann.

»Damit zum nächsten Punkt«, fuhr Ben ungerührt fort. »Wir haben im Gebüsch neben dem Autowrack in Lauffen einen Behälter mit Feuerzeugbenzin gefunden. Dieselbe Marke, die auch Sie benutzen, wie ich sehe.«

Schon beim Hereinkommen war ihm das Fläschchen auf der Spüle ins Auge gestochen. Dass der Wirt sich nicht danach umdrehte, war ein weiteres Indiz. Er wusste genau, wovon Ben sprach, und zog es vor, die Feststellung unkommentiert im Raum stehen zu lassen.

»Darauf befinden sich Fingerabdrücke. Ihre, wie wir mittlerweile wissen. Es hat ein wenig gedauert mit dem Abgleich, denn strafrechtlich sind Sie nicht erfasst, Basilius, aber Sie sind Sprengstoffexperte, das Militär hatte Ihre Abdrücke. Führen Sie uns bitte aus, wie es sein kann, dass wir Ihre Fingerabdrücke am Tatort gefunden haben, wo Sie doch neben Ihrer Frau im Bett lagen, die zudem direkt nach dem Mord einen Anruf von genau dort bekam.«

Die wütenden Augen des Wirtes hatten sich zu Schlitzen verengt, seine Muskeln spannten sich bedrohlich. Er war kurz davor zu explodieren.

»Denken Sie nicht mal dran, Basilius«, warnte Ben ihn so leise wie gefährlich. »Draußen wartet die Kavallerie. Sie kommen hier nicht weg. Bleiben Sie ruhig und ersparen Sie es uns allen, Ihrer Latte an Vergehen auch noch Widerstand gegen die Staatsgewalt hinzuzufügen.«

Was folgte, war ein Blickduell vom Feinsten. Der Wirt verlor und sah zu Boden.

Ben wandte sich an dessen Freundin. »Möchten Sie nicht endlich reinen Tisch machen, Ermona? Ich sehe doch, dass Sie schlau sind und längst erkannt haben, wie aussichtslos die Sache ist.«

Während die angeschlagene Frau mit sich rang, führte Ben sich vor Augen, was in der Nacht den Stein ins Rollen gebracht hatte.

Bei seinem ersten Besuch in der Villa am Traunsee hatte Ermona eine stark verschmutzte Glasfläche geputzt, und zwar mit genau jenem Feuerzeugbenzin, das sie auch neben dem Autowrack entdeckt hatten. Sein Unterbewusstsein hatte ein wenig gebraucht, um die Verbindung herzustellen. Schlaumeier Google hatte ergeben, dass es ein beliebter Putzhack war.

Daraufhin hatte Ben um einen Abgleich der Fingerabdrücke von ihr und sicherheitshalber auch von ihrem Lebensgefährten gebeten. Im Laufe des Vormittags war das Ergebnis eingetroffen. Ermonas, die sie ja aus dem Haus hatten, waren nicht auf dem Benzinbehälter, sehr wohl aber jene von Basilius Sablatnig.

In dem Zusammenhang war Ben dann der typische Kärntner Nachname aufgefallen. Basilius Sablatnig. Martin Kollinig. Konnte es da eine Verbindung geben?

Gab es.

Doch vorerst war Ermona dran.

»Werden Sie weiterlügen oder uns endlich die Wahrheit sagen?«, erhöhte er den Druck. »Hat Ihr Freund in der Tatnacht tatsächlich neben Ihnen gelegen, oder hat er nicht vielmehr Regus Dorninger umgebracht und Sie danach angerufen? Sie kommen aus der Sache nicht mehr raus, aber wenn Sie als Zeugin zur Verfügung stehen, könnte das strafmildernd wirken.«

Der nächste Bluff. Ben hatte keine Ahnung, welches Strafmaß die Haushälterin erwartete, solange nicht klar war, inwieweit sie wirklich in die Tat involviert war. Er baute jedoch auf ihren Selbsterhaltungstrieb. Als ehemalige Prostituierte würde sie alles tun, um nicht in diesen Abgrund zurückzumüssen.

Mit einem Mal ging ein Ruck durch die Frau. »Also gut, ich rede mit Ihnen. Aber nur, wenn Sie ihn vorher verhaften. Basilius ist jähzornig. Er macht mir Angst.« Der mörderische Blick, den der Wirt seiner Freundin zuwarf, gab ihr recht.

Sie hatten ihn.

Zwei Polizisten, die vor der Tür gewartet hatten, führten Basilius Sablatnig ab. Er leistete keinerlei Widerstand mehr. Ein Riese, der mit gebeugtem Rücken und in Handschellen aus seinem Lokal geführt wurde und es sehr lange nicht mehr betreten würde.

»Es stimmt. Basi hat Herrn Dorninger umgebracht. Aber er wollte es nicht. Es war ein Unfall«, versuchte Ermona, die Tat abzuschwächen.

Die Ermittler wussten es besser.

»Rollen wir doch alles in Ruhe gemeinsam auf, Ermona«, bat Ben und brachte sogar ein verbindliches Lächeln zustande, überzeugt davon, nun die ungeschminkte Wahrheit präsentiert zu bekommen. »Alles begann vor Jahrzehnten in Kärnten«, hob er an. »Basilius Sablatnig und Martin Kollinig sind derselbe Jahrgang, stammen aus derselben Stadt. Villach. Folgerichtig waren sie auch zur selben Zeit beim Heer, bei den Pionieren.« Bei den exakten Aufzeichnungen des Bundesheeres war es ein Klacks gewesen, das herauszufinden. Man musste nur erst auf der richtigen Spur sein.

Ermona nickte. »Von dort kennen sie sich, stimmt, und blieben danach in Kontakt. Charly allerdings kannte er nur vom Hörensagen. Zu der Zeit arbeitete Basi für die Voestalpine und war ständig auf Montage im Ausland. Als Martin dann angeblich in Libyen ermordet wurde, traf ihn das sehr.«

Sie schluckte. Schnell stellte Ben ihr ein Glas Wasser hin. Sie trank hastig und stellte es betont langsam zurück auf den Tisch. Dann war der Aufschub vorbei. »Vor ein paar Monaten kam dann dieser Anruf. Martin sei am Leben, sei heimlich nach Kärnten zurückgekehrt. Brauche Hilfe. Basi war total aus dem Häuschen, setzte sich sofort ins Auto. Kam mit Martin im Schlepptau zurück. Er war lange in Gefangenschaft gewesen, man hatte ihm ein Ohr und einige Fingerglieder abgeschnitten. Um eine Chance zur Flucht zu haben, hatte er vorgegeben, sich zu radikalisieren und daheim Geld für die Sache zu beschaffen. Man stattete ihn mit falschen Papieren aus und brachte ihn nach Europa. Er schlug sich bis Österreich durch, hatte vor, zunächst unterzutauchen, bis sich die Lage entspannt hätte. Er war stark geschwächt, zog bei uns ein, und wir brachten ihn wieder zu Kräften.«

Es war mucksmäuschenstill, als sie weitersprach. »Leider war es nicht er, sondern Basi, der mit diesem blöden Plan daherkam. Basi war pleite. Die Bar lief nicht besonders. Warum also nicht die Gelegenheit beim Schopf packen und sich aus einer vermeintlich sprudelnden Quelle Kohle besorgen? Von Regus Dorninger. Anfangs war Martin wegen Charly nicht begeistert. Letztlich ließ er sich aber davon überzeugen, Dorninger zu erpressen und mit dem Geld nach Thailand abzuhauen. Martin würde es über Charly probieren. Basi wollte, dass ich mich bei Regus einschlich, um ihn auszukundschaften. Blöd, wie ich war, machte ich mit, bat Regus um einen Job, nur für ein paar Wochen. Er meinte, es passe gut, seine Frau hätte ohnehin schon mehrfach um eine Putzhilfe gebeten. Ich könne mich in Naturalien erkenntlich zeigen. Es war widerlich, aber … na ja …«

Ben bekam Mitleid mit der Frau. Sie hatte sich missbrauchen und in eine ausgesprochen dumme Geschichte hineinziehen lassen. Jetzt versuchte sie zu retten, was noch zu retten war, um in einem guten Licht dazustehen.

»Ich merkte schnell, dass zwischen Regus und Charly nichts mehr lief. Martin dachte, das sei die perfekte Chance, und meldete sich bei ihr. Sie trafen sich in Kärnten. Charly war überwältigt davon, ihn wiederzusehen, schlug vor, sich von Regus zu trennen und gemeinsam neu anzufangen. Zwar bekäme sie wegen des Ehevertrags kein Geld, aber sie wären wieder vereint. Martin wollte davon nichts wissen, ihn interessierte nur ihre Kohle. Als sie das kapierte, wollte sie ihn zum Teufel schicken. Daraufhin erpresste er sie, drohte, Regus und sie umzubringen, was er natürlich nicht ernst meinte.

Charly schob Panik, bot Martin an, für ein paar Wochen in der Hütte auf der Turrach zu bleiben, während sie nach einer Lösung suchte. Die Idee mit der luxuriösen Hütte gefiel ihm. Durch mich hatte er ja alles unter Kontrolle. Doch Charly vertröstete uns ein aufs andere Mal, bis Martin ungeduldig wurde und beschloss, die Dinge selbst in die Hand zu nehmen. Er kontaktierte Regus direkt, setzte ihm Daumenschrauben an. Regus schlug vor, sich zu treffen. Martin fuhr hin. Das ist alles, was ich weiß. Sowohl Martin als auch Regus waren danach verschwunden.«

Alles passte zusammen.

Was fehlte, war das letzte Teil des Puzzles.

Jetzt war es an Ermona, es an seinen Platz zu legen.

»Wie sind Sie dahintergekommen, dass Regus noch lebt?«

»Basi hatte Martin ewig nicht erreicht, machte sich riesige Sorgen. Er beschloss, auf die Turrach zu fahren und nachzusehen, ob er noch dort war. Weil Martin Basis Wagen hatte, schlug ich ihm dummerweise vor, dafür den unauffälligen Van zu nehmen, der so gut wie immer unbenutzt in der Garage der Villa herumstand. Die Hütte war aber leer. Als Basi gerade wieder wegfahren wollte, hörte er ein Auto kommen, versteckte sich. Schlug zu, ohne zu überprüfen, wer da zur Tür hereinkam. Erkannte Charly, geriet in Panik. Floh.«

Oha. Mit dieser Wendung hatte Ben nun nicht gerechnet. Nicht Regus, sondern Basilius Sablatnig hatte den Van geklaut und Charly niedergeschlagen. Das erklärte auch die ungeschickte Aktion an der Mautstelle.

Ben ließ sich seine Verwunderung nicht anmerken. Bei Ermona Nagy schienen nun alle Dämme gebrochen. Ob sie ihre eigene Rolle herunterspielte, würde sich bei der Befragung ihres Freundes zeigen. Gut möglich, dass sie sich später gegenseitig die Schuld zuschoben, was Ben aber im Moment einerlei war. Hauptsache, er bekam sämtliche Zusammenhänge serviert.

»Basi fuhr zurück nach Gmunden. Überlegte. Charly hatte ihn mit ziemlicher Sicherheit nicht erkannt. Zudem hatte jemand mehrfach versucht, sie zu töten. Martin hätte ihr aber nie etwas angetan. Das letzte Mal hatte er sich auf dem Weg zur Alm gemeldet. Was also hätten Sie an seiner Stelle vermutet, Ben? Basi jedenfalls kam zum für ihn einzig möglichen Schluss: Regus musste Martin auf dem Gewissen haben, selbst noch am Leben sein und sich irgendwo verstecken.«

Die junge Frau kratzte so fest an einem ihrer Fingernägel, dass er abbrach. Sie bemerkte es nicht.

»Dann passierte die Sache mit dem Keller. Eigentlich war es mein freier Tag, aber ich wollte schnell die dreckige Wäsche vom Überfall auf Charly waschen. Als ich in die Villa kam, war die Alarmanlage ausgeschaltet, und im Keller brannte Licht. Mir fiel das Herz in die Hose. Charly war noch im Krankenhaus, es mussten Einbrecher sein. Doch da war niemand. Bei einem Rundgang entdeckte ich neben der Freiluftsauna Zigarettenkippen. Regus' Marke. Mir fiel es wie Schuppen von den Augen. Basi hatte richtig vermutet. Regus war tatsächlich am Leben, verbarg sich, so wie es aussah, seit dem Brand im Keller der Villa und wartete ab, bis die Luft rein war.

Es gibt da einen separaten Bereich, für den nur er den Schlüssel hatte. Ich tat so, als hätte ich nichts bemerkt, und rief Basi um Hilfe. Er sagte, ich solle sofort von dort verschwinden, mich aber auf die Lauer legen. Er komme, so schnell er könne. Ehe er da war, ging das Tor auf und Regus kam heraus. Zu Fuß. Beinahe hätte ich ihn nicht erkannt mit seiner blonden Perücke und den weiten Klamotten. Er zog einen großen Rollkoffer hinter sich her. Ich verfolgte ihn bis zu einem weiter entfernt abgestellten fremden Auto. Offensichtlich wollte er sich aus dem Staub machen, hatte sich von mir nicht täuschen lassen.

Da kam zum Glück Basi daher. Er befahl mir, im Auto zu warten. Ab jetzt sei das seine Sache. Er fuhr Regus hinterher und ich fuhr fix und fertig nach Hause, wartete dort auf Basis Anruf. Es war schrecklich.«

Basilius Sablatnig hatte den flüchtenden Regus Dorninger verfolgt und ihn irgendwann gestellt. Nun waren die Ermittler gespannt auf den Rest der Geschichte. Man hätte eine Stecknadel fallen hören können.

»Wir wissen nicht, was Regus bei der alten Villa wollte, jedenfalls ließ er sein Auto dort stehen und stieg aus. Basi war so wütend. Regus hatte alle verarscht und Martin umgebracht, sollte unter keinen Umständen damit davonkommen. Er stellte ihn, doch Regus lachte ihn nur aus. Da sah Basi rot, stieg zurück ins Auto, gab Gas und … Sie wissen ja, was passierte. Weil er nichts anderes als das Feuerzeugbenzin hatte, versuchte Basi, damit seine Spuren zu verwischen. Doch da kam dieser Radfahrer daher. Vor lauter Schreck fiel ihm das Fläschchen aus der Hand. Er fand es nicht mehr, hatte aber keine Zeit, also ließ er alles so, wie es war, schnappte sich Regus' Auto und haute ab. Das ist alles.«

Kraftlos sackte sie in sich zusammen. Bisher war unklar, in welchem Ausmaß sie für ihre Mittäterschaft zur Verantwortung gezogen werden würde. Jedenfalls war es ihr zu verdanken, dass sie den Fall zur Gänze aufgeklärt hatten. Das sprach für sie.

»Wo ist Regus' Auto jetzt?«

Sie sagte es ihm. »Auch der Koffer ist noch drin. Voller Geld und dem Zeug aus dem Tresor. Wir trauten uns nicht, es anzurühren.«

Wären die Ermittler den beiden nicht auf die Schliche gekommen, hätte der Inhalt ihnen über kurz oder lang gute Dienste geleistet. So aber blieben der Frau nur jede Menge Schuldgefühle und eine zerstörte Beziehung. Zumindest aber auch ein reines Gewissen.

Ben bedankte sich bei ihr. Den Tränen nahe nickte sie und wurde ebenfalls abgeführt.

Im Licht ihres Geständnisses passte damit auch der Mord an Manni Brugger ins Bild.

Befragungen der Kollegen in Traunkirchen hatten ergeben, dass er des Öfteren in einem Kaffeehaus in Traunkirchen gesehen worden war. Hatte der Bademeister etwas geahnt?

Dorninger hatte seinen Unterschlupf im Keller der Villa mehrfach verlassen müssen. Gut möglich, dass Brugger ihn trotz der Verkleidung zufällig erkannt und Charly mit seinen Anrufen hatte warnen wollen. Hatte Dorninger ihn daraufhin aus dem Weg räumen wollen?

Das würde sich wohl nicht mehr endgültig beweisen lassen. Beide Beteiligten waren tot.

Zufrieden lächelten sich die beiden Ermittler an.

Tagelang waren sie auf der Stelle getreten, doch dann hatten sie dank eines kleinen Fläschchens mit Feuerzeugbenzin binnen wenigen Stunden alles geklärt.

»Gibt's hier vielleicht irgendwo etwas zu essen?« Suchend sah Peter Neumüller sich um. »Bisher ist nur mein Hunger nach gelösten Fällen besänftigt.«

Manche Dinge änderten sich nie.

EPILOG
GOISERER GAMSJAGATAGE

G'waschn. G'schneizt. Kampöt.
Ausgehfein.

Wer im inneren Salzkammergut etwas auf sich hielt, trug an traditionsreichen Tagen auch die richtige Tracht, bei der echte Goiserer und der Gamsbart am Hut Pflicht waren.

Erst recht an den Gamsjägertagen Ende August, wo Armbrustschützen, Vereine und Musikkapellen drei Tage lang goiserisches Lebensg'füh verbreiteten und Einheimische wie Zuagroaste g'schmoh z'sammhockten.

Ben hatte sich sogar ein passendes Hemd und Stutzen zur Lederhose angezogen. Genauso wie Peter Neumüller, dessen stramme Oberschenkel und Wadln die Tracht-Pracht allerdings fast sprengten. Auf seinem grünen T-Shirt prangte ein monumentaler Hirsch. Seine Frau trug das typische Ausseer Dirndl mit grünem Laib, rosa Rock und lila Schürze. Luna, in einem Rollstuhl samt hochgelagertem Bein, Jeans und ChouChou auf dem Schoß. Der winzige Hund schien sich inmitten des ganzen Trubels pudelwohl zu fühlen, nicht nur, weil er andauernd Leckerlis vors Maul gehalten bekam. Die Neumüller-Buben waren nicht zu sehen, sie waren irgendwo bei den vielen Standln mit Handwerk und Selbstgemachtem verschwunden.

Man verspeiste traditionelle Holzknechtnocken aus der großen Rein. Ehe Peter Neumüller seine endgültig besiegt hatte, überraschte er alle, indem er aufstand, seine Frau zum Tanz bat und zu einer zünftigen Polka eine erstaunlich geschickte Sohle aufs Parkett legte.

Ben sah amüsiert zu und blickte dann auf die Uhr. »Es wird Zeit für die Radlpirsch.«

Wer sich das legendäre Treffen der alten Waffenräder entgehen ließ, war selbst schuld. Schon vor Jahren hatte Ben sich eines besorgt, die »Zenzi«, die unterm Jahr im Schuppen ihr Dasein fristete, an den Gamsjagatagen allerdings hervorgeholt, geputzt und mit wunderschönen Blumen geschmückt wurde. Danach schnappte man sich eine Startnummer und radelte unter viel Gelächter dahin, wobei die größte Gaudi darin bestand, an den vielen Stationen haltzumachen, etwa beim Holzknechtmuseum oder beim Feuerwehr-Depot.

Heuer war er dabei nicht allein.

Soeben wackelte eine breit grinsende Filo ums Eck und kämpfte auf ihrem »Brummbär« mit dem Gleichgewicht, dicht gefolgt von Marie auf ihrem »Bertl«. Den hatte sie schon mit 15 besessen. Damals hatten Ben und sie keine Gamsjagatage und alles, was dazugehörte, ausgelassen. Zuerst jede Menge Schnapsln – und danach eine finstere Ecke zum Schwanö – Abbusseln.

Davon konnte heute natürlich keine Rede sein. Er war schon froh, dass sie, nachdem sie die ganze Wahrheit erfahren hatte, überhaupt mit von der Partie war. Die

Neuigkeit über sein Techtelmechtel mit Charly hatte sie erstaunlich gelassen zur Kenntnis genommen. Sein – wenn auch unnötiges – schlechtes Gewissen darüber schien größer zu sein als ihre Betroffenheit.

Hatte seine neue Liebe Marie und ihn füreinander immun gemacht?

Überhaupt – neue Liebe? Der Status zwischen ihm und Charly war vollkommen unklar, umso mehr im Licht der jüngsten Ereignisse. Sie hatte ihn angelogen, ihm die Rückkehr ihres verschollenen Ehemannes verschwiegen und so die Kette der nachfolgenden tragischen Ereignisse mit zu verantworten.

Zumindest moralisch war sie also Täterin und Opfer zugleich und schien mit ihrer Rolle zu kämpfen. Es ging ihr nicht besonders. Sie hatte sich zurückgezogen und leckte unter medizinischer Betreuung ihre Wunden. Dankbar hatte er vernommen, dass sie nach ihrer Entlassung aus dem Klinikum in Klagenfurt bei der großherzigen und patenten Filo untergekommen war. Filo hatte ihr angeboten, eines ihrer Zimmer zu beziehen und für sie da zu sein.

Seit der Klärung des Falles hatte Ben sie nicht gesehen. Ihr Verrat wog schwer, und noch immer vermochte er nicht einzuschätzen, was sie wirklich für ihn empfand. Vielmehr fragte er sich, ob er nicht vor allem Mittel zum Zweck und ein Trostpflaster für sie gewesen war.

Für heute allerdings schob er die schweren Gedanken zur Seite und prostete den anderen lautstark zu. Filo hatte Charly zwar zu den Feierlichkeiten eingeladen, aber niemand rechnete damit, dass sich die junge Frau dazu aufraffen würde.

Ben spürte eine gewisse Sehnsucht, aber diesen unbeschwerten Tag genoss er besser ohne sie. Oder?

Der pelzige Geschmack in seinem Mund war ekelhaft, seinen restlichen Körper spürte er nicht, mit Ausnahme des fetten Brummschädels und des massiven Drucks auf die Blase.

Wie viele Schnapsln und Biere waren es gestern bloß gewesen? Definitiv zu viele.

Die Erinnerung an den letzten Tag, insbesondere an den Abend, verschwamm im Alkoholnebel. Hatte er tatsächlich mit Filo getanzt? Mit Peter Neumüller gepascht und um die Wette G'stanzl gesungen? Woher konnte sein Kollege das überhaupt?

Und hatte er …?

Eine Bewegung neben sich irritierte ihn. Während die Matratze ein wenig nachgab, strömte ihm ein unverkennbarer Geruch in die Nase. Lange Haare kitzelten ihn an der Schulter, eine weiche Hand tastete nach ihm, legte sich sanft auf seine Hüfte.

Wie auf rohen Eiern drehte er sich um, öffnete mit einiger Mühe die Augen und …

Ach, du Schande.

ENDE

AN GUADN …
LASST ES EUCH SCHMECKEN.

G'selchtes mit Grießknödeln und Sauerkraut

Zutaten:
ca. 1 kg G'selchtes oder Karree
Suppengrün
1 kleine Zwiebel
1 Lorbeerblatt

Für die Grießknödel:
½ kg Grieß
100 g Butterschmalz
½ Liter Wasser oder Suppe
Salz

Für das Sauerkraut:
½ kg Sauerkraut
1 Lorbeerblatt
Wacholderbeeren
Pfefferkörner
ein wenig Speck
1 EL Weizenmehl
Rindsuppe
Salz, Pfeffer

Zubereitung:
Das G'selchte für eine Stunde in kaltes Wasser legen. Ungesalzenes Wasser zum Kochen bringen, Suppengrün, Gewürze und das G'selchte dazugeben und ca. eine Stunde lang kochen.

Indessen den Grieß in heißem Fett kurz anrösten, mit heißem Wasser (oder der Suppe) übergießen und ziehen lassen. Mittelgroße Knödel formen, in kochendes Salzwasser geben und ca. zehn Minuten lang kochen.

Das Kraut in kaltem Wasser ansetzen, Gewürze dazugeben und ca. 45 Minuten lang köcheln. Speck in Würfel schneiden und in Butterschmalz anrösten. Mit Rindsuppe aufgießen, das Kraut beigeben, abschmecken.

Alles zusammen servieren.

*

Fleischkrapfen

Zutaten:
1 Zwiebel
1 kg Faschiertes
Salz
Pfeffer
Petersilie

Für den Teig:
150 g Weizenmehl
150 g Roggenmehl
200 ml Milch
100 g Butter
Kümmel
Salz

Zubereitung:
Zwiebel schälen und in Würfel scheiden. Öl in einem Topf erhitzen und die Zwiebelstücke darin anrösten. Das Fleisch kurz mitrösten, Petersilie hacken und zufügen. Mit Pfeffer und wenig Salz abschmecken.

Mehl in eine Schüssel sieben, salzen und gemahlenen Kümmel zufügen. Milch und Butter aufkochen, zum Mehl gießen und gut durchkneten. Den Teig dünn ausrollen. Quadrate schneiden und auf jedes Quadrat etwas von der Fülle setzen. Eine Ecke darüber schlagen und zu Dreiecken falten. Den Rand andrücken.

Fett heiß werden lassen und die Krapfen schwimmend herausbacken, bis sie schön braun sind. Herausnehmen und auf Küchenpapier entfetten.

*

Reisatstöckl

Zutaten:
400 g Speck
½ Liter Milch
1 Ei
Salz
100 g Butter
400 g Mehl

Zubereitung:
Aus Mehl, Butter, Ei, Salz und Milch einen Mürbteig bereiten. Etwa eine halbe Stunde rasten lassen und ausrollen.

Mit Speckwürfeln belegen, einrollen und in 5 cm lange Stücke schneiden. Diese in ein befettetes Reindl aufgestellt einschlichten.

Das Ei mit Milch verquirlen und übergießen, im Rohr backen.

Mit grünem Salat servieren.

*

Hollersaft

Zutaten:
2 Liter Wasser
5 Zitronen
3 kg Zucker
40 Hollerblüten
Zitronensäure

Zubereitung:
Die Hollerblüten säubern. Die Zitronen in Scheiben schneiden und alles mit Wasser, Zucker und Zitronensäure in einer großen Schüssel vermengen.

Mit einem Tuch abdecken und 48 Stunden ziehen lassen, öfter umrühren, damit sich der Zucker auflöst. Nach dieser Zeit den Saft abseihen und einmal aufkochen.

In saubere bzw. destillierte Flaschen füllen und gut verschließen, auskühlen lassen.

Mit Wasser verdünnt monatelang genießen.

VERGELTS GOTT. DANKESCHÖN.

Wie in all meinen Büchern steckt auch in »Salzkammerglut« all mein Herzblut. Deshalb hoffe ich sehr, dass Marie, Filo, Ben und die anderen Ihnen ein paar spannende Stunden beschert haben – und dass Sie auch anderen davon erzählen. Vielen Dank dafür.

Meine Krimis sind fiktiv, basieren aber immer auf realen Vorlagen, weil das Leben die besten Geschichten schreibt. Authentizität ist mir wichtig, und sollte ich Fehler machen, gehen sie voll und ganz auf meine Kappe. Danke für Ihr Feedback, wie zuletzt um die Frage, wie man einen Berg korrekt schreibt.

Danke auch einmal mehr an meine Lektorin Teresa Storkenmaier. Unglaublich, wie mein Manuskript nach ihrer ersten Durchsicht aussieht. Diese Frau ist Magie. ;o))) So wie an das gesamte Gmeiner-Team und auch an Elisabeth und das PR-Team von »Wolkenlos«.

Ein spezielles Dankeschön gilt Dr. Barbara Brunner, die jetzt mehr Zeit hat, um Bücher zu lesen. Du bist eine Legende.

Danke auch an alle Buchmenschen, die »Salzkammerglut« den Leserinnen und Lesern nahebringen.

»Salzkammerglut« ist teilweise in Echtzeit vor Ort entstanden, während der Kulturhauptstadt und der Kaiserwoche 2024. An dieser Stelle möchte ich dem Team, der Stadt Bad Ischl sowie den 23 Gemeinden der Kulturhauptstadt gratulieren. Ihr habt so viel dafür gegeben und möglich gemacht und dafür Lob, aber auch Kritik geerntet. Ich persönlich fand alle Projekte, die ich erleben durfte, unglaublich bereichernd. Jene, die im Buch vorkommen, habe ich allesamt gesehen.

Florian Kiesl ist ein junger Lyriker aus dem Salzkammergut. Danke Florian, das ist mein Beitrag, regionale Lyrik sichtbar zu machen.

Und wie immer gilt meine ganz spezielle Dankbarkeit meinen Lieblingsmenschen. Ihr wisst, wer gemeint ist. Nichts ist für mich wichtiger als das Wissen, euch in meinem Leben zu haben, eure Liebe, eure Freundschaft, eure Unterstützung, euer Lachen, eure bedingungslose Ehrlichkeit, eure Umarmungen in schwierigen Zeiten, euren Mut. Ein Telefonat um drei Uhr früh, wenn die Welt dunkelschwarz ist? Kein Problem. Wir sind uns wichtig, so wie wir sind. Wir dürfen sein, wie wir sind. Mit allen unseren Stärken und Schwächen. Bitte behalten wir uns das bei.

Im Augenblick werke ich schon an Teil 4. Diesmal wird es nass ;o) Parallel dazu entsteht auch eine neue Krimiserie, die auf Mallorca spielt. Es geht also weiter. ;o)

Ihr findet viel über mich auf meinen sozialen Medien und auf meiner persönlichen Website www.dagmarhager.com. Dort stehen auch die Termine meiner Mutmach-Keynotes, die Moderationen und natürlich die Lesungen und Talkungen.

Und wenn ihr mögt, hört doch in meinen Buchpodcast »Bücher sind wie Kekse« rein. In jeder Folge ist ein neuer, spannender Buchmensch zu Gast. Von Fitzek bis Elsberg … www.dagmarsbuchwelt.com

Eure Dagmar

Alle Bücher von Dagmar Hager:

Ärztin Marie Giesinger und LKA-Ermittler Ben Achleitner ermitteln:

1. Fall: Salzkammerwut
ISBN 978-3-8392-0407-8

2. Fall: Salzkammerblut
ISBN 978-3-8392-0639-3

3. Fall: Salzkammerglut
ISBN 978-3-8392-0816-8

TV-Reporterin Lilly Speltz ermittelt:

Schöner sterben in Wien
ISBN 978-3-8392-0077-3